諦めたけどやっぱり好き

イケメン社長になった御曹司が８年越しで迫ってきます

ルネッタブックス

CONTENTS

一、兄の結婚式

ここは私の勤務先で、総合建築業を生業《なりわい》とする、とある建築会社。

社屋の一階にある総務課に所属している私がデスクの上を片付け終え、いざ帰ろうと肩にバッグをかけたそのとき。同じ課に勤務する後輩社員が声をかけてきた。彼女は清水《しみず》さんという。

「あれ。大牟田《おおむた》さん今日はもう帰りなんですか？」

彼女がこういう疑問を抱くのには理由がある。なぜならば、現在の時刻は午後十二時半。終業時間まではまだかなり時間があるからだ。

「うん。実は明日兄の結婚式があって地元に帰ることになってて。今日は半休をもらってこのあと実家に帰る予定なの」

大牟田　初《うい》、二十八歳。兄の竜也《たつや》——三十三歳——が三年間の交際を実らせ結婚が決まり、このたびめでたく結婚式が行われることとなった。

それに伴い、実家が遠方の為《ため》半休をとり、この後準備をして今日中に実家に帰る予定なのだ。

最初はおそらく私の体調が悪いのではないか、と懸念していたであろう清水さんだったのだが、そうではないとわかると、わかりやすく顔が明るくなった。

「なあんだ、結婚式ですかー！　びっくりしました、なんか表情が優れないから体調が悪いのかと……でも、そうじゃなくて安心しました。おめでとうございます！　じゃあ週末はご実家でのんびり過ごすって感じですか？」

――表情……優れてなかったんだ……私……

それを訊《き》き、苦笑してしまった。

「いやあ～、それはないかな。多分披露宴が終わったらすぐ帰ってくると思うよ」

「へ？　そうなんですか」

意外、という顔をされてしまい、それにもまた苦笑してしまう。

「うん。実はあんまり実家に帰ってないからちょっと気まずくって……久しぶりに帰ると、せめて近所の知り合いや親戚に会ってから帰れとか、いろいろ言われそうで、すごく気が重いのよ……」

「あー、なるほど……そういう事情でしたか。実家帰るとそういうのありますよね。私も帰省すると、強制的に親戚回りさせられますよ。あれってほんと、なんなんですかね？　用事があればこっちから電話するって散々言ってるのに……なんか、顔を見せないと帰らせないみたいな流れになりますよね」

「おんなじねー。そういうわけなの。……はあ。嫌だけど頑張るよ……じゃ、お先に失礼します」

「はーい、お疲れ様です！　気をつけて行ってきてくださいね」

清水さんと別れ、課長や同僚に挨拶をして部署を出て、社屋を後にした。

明日、結婚式の主役である兄は今頃緊張してるだろう。普通妹である私は緊張する必要はないけれど、私はある事情があって兄の結婚式が決まって以来、ずっと緊張している。

だって、結婚式にはあの人が来るから。私の会いたくないあの人が。

――あー、帰りたくない……

多分今、私の体からめちゃくちゃ帰りたくないオーラが出ていると思う。


アパートに帰宅して荷物をまとめ、再びアパートを出て、今度は新幹線に乗るためスーツケースをガラガラ引きながら駅に向かった。

――おめでたいことだから本当はもっと喜んであげなきゃいけないのに……なんでこんなに憂鬱にならなきゃいけないんだろう……

実は兄の結婚が決まってすぐ、それとなく兄に結婚式は家族だけでやることを勧めたりとか、新婚旅行を兼ねて海外でやることをさりげなくおすすめしたりした。

これに兄も少々心は揺れたようだが、友人や職場の同僚達を呼ばないわけにはいかないと言われ、私の思惑どおりとはならなかった。

兄、ごめん。と心の中で謝りながら、新幹線に乗り込んだ。窓側のE席に座りぼんやりとお茶を飲み窓の外を眺めていると、いつの間にか新幹線は動き出していた。

――あーあ。動き出しちゃった……

心地よい振動に揺られながら思い出すのは、八年前の出来事。

忘れることなど絶対にできない、あの人との情事を。

＊

夏が終わり、夜になると肌寒さを感じるようになった、初秋のある日。

ずっと闘病を続けていた父方の祖父が九十五歳で亡くなったと連絡を受け、当時二十歳の私は、急遽《きゅうきょ》大学生活を送る都会から、今回のように実家へ帰省した。

これまで身内の葬式を経験していなかった私は、まずどうしたらいいのかわからず軽く慌てた。とりあえず着の身着のまま帰省して、慌ただしく母と喪服を買いに行ったのをよく覚えている。

着慣れない喪服に身を包み、お通夜というものに人生で初めて参列した。とにもかくにも初めてのことづくしで、私は兄や従姉妹《いとこ》と一緒にいながら、どこか落ち着かない時間を過ごしていた。

――お祖父《じい》ちゃん……もういないんだ……

祖父とは一緒に住んではいないものの、同じ町内、いわゆるスープの冷めない距離の場所で生活をしていた。
祖父母の住む家はこの辺りでは大きな家だと有名だった。それもそのはず、昔はこの地域一帯を所有する大地主だったらしい。現在は土地も手放しているので以前ほど所有はしていないが、大地主だった頃の名残で家だけはやたらでかかった。部屋数もおそらく十以上あり、年末年始は親族が皆この家に集まって宴会をしたり、一緒に正月を過ごしていた。

家が近所だったこともあり、私は子どもの頃から親が不在の時はよく祖父の家に預けられたし、祖父と一緒に出かけることも何度かあった。祖父は厳しい人ではあったが、あまり声を荒げることがなく、私を含めた孫達に対してはいつも穏やかで、よい祖父だったと記憶している。

普通に、大好きなお祖父《じい》ちゃんだった。

かなりの高齢だったし、いつこういうことが起きてもおかしくはないと覚悟はしていた。でも、今までそこにいた人がもういないという事実は、あらためてそういう状況になってみると、自分で思っていた以上にショックと悲しみが大きかった。

呆然《ぼうぜん》としながらもう動かない祖父を見つめ、祖父にお別れを言いに来た近所の人や、祖父と交流のあった人達と挨拶を交わしていると、あっという間に夜が更けていく。

気付けば通夜が始まってからかなりの時間が経過しているのを、母に言われて気がついた。

『初《うい》はもういいわよ。帰ってきたばかりなんだし、もう家に帰ってなさい。明日の朝も早いんだから。なにか食べたいなら、ここの冷蔵庫にいろいろ入ってるから好きに食べていいわよ』

『う、うん……』

母に言われて祖父の側を離れた。祖父の側を離れた途端、昼過ぎからなにも食べていないことに気づき、食べ物を求めてキッチンへ向かう。

歩いていると、廊下の向こう側にある和室から声が聞こえた。ちらっとそちらを覗《のぞ》いてみると、親族が数名集まり、話し合いをしている。

『とにかく畑と田んぼだよ。あんなにあってどうするんだ』

明らかに孫の自分はお呼びでない空気に、慌てて身を隠した。声だけで誰かを判別しようと、頭を働かせる。

――今の声は伯父さん……？　てことは、お父さんもいる……？

『この家はまだばあさんがいるからそのままでいいが、ばあさん一人であれだけのものを管理するのは厳しいだろう』

『兄さんが近くにいるんだから、畑と田んぼは手伝ってやればいいじゃないか』

『多少はやるけど、俺だって全部は手が回らないぞ。いっそのことあの畑は売って、全員で分ければいいんじゃないの？』

『それよりもこの家にある蔵はどうするんだ。これを機に中を片付けた方が……だいぶ古いし、ばあさんがいるうちに片付けないと、何が何だかわかんねえぞ』

父達が話し合っていたのは、祖父が管理していた土地や蔵に関する事ばかりだった。

――お祖父ちゃんが亡くなったばかりだっていうのにもうこんな話……なんか、ひどい……

行き場のない怒りと、やるせなさで感情が高ぶった。

もちろん、相続の話し合いをしてはいけないわけではない。今の私なら、親族が集まった時に相続の話をしておくのは大事なことだと理解できるし、そうした方がいいとも思う。

ただ、当時の私は身内の葬式経験が初めてのただの学生。そんな私にとっては、まだ祖父の遺体がそこにいるのにこんな話をしているのが、ひどく冷めた行動のように思えてしまったのだ。

父達に悲しんでもらえない祖父が可哀想《かわいそう》だと、その場にいるのが辛くなってしまった。

キッチンに行くのをやめ、自宅に戻るつもりで玄関に向かう。そのときちょうど玄関から入ってこようとしている男性と鉢合わせしてしまった。

『初？』

喪服に身を包み私を見下ろしているのは、近所に住む兄の幼なじみである七井瑛《なないてる》だ。

いつもは額を覆っている長い前髪が、今日はきちんとセットされ、綺麗《きれい》な額と目がはっきり見える。見慣れたはずの顔が、初対面の男性のように思えてドキッとする。

『て、瑛君……』

『帰ってきてたんだ。って、当たり前か。自分のじいさんが亡くなったんだもんな……このたびはご愁傷様です。じいさん、残念だったな』

瑛の顔を見て少し冷静になった。

『あ……来てくれてありがとう。お祖父ちゃんの顔、見ていって』

外に出るつもりだったけど、一旦それは置いておき祖父の遺体のある部屋に瑛を案内した。

『お邪魔します』

玄関から家に上がった瑛は、はっきり言って『君』というタイプの男性ではない。

身長は私よりも三十センチ近く高いし、肩幅もある。今こうして彼の後ろを歩いていると、彼以外の物が視界に入らないほど、彼の背中は大きかった。

『……昔からでかいのよ、瑛君は……』

『ん？』

肩越しに振り返られて、彼を見上げる。

瑛は顔もいい。子どもの頃から綺麗な顔をしていて、中学や高校の頃彼と知り合いだと友人に話すと、めちゃくちゃ羨ましがられた。彼は、そこにいるだけで常に女性達の憧れだった。

『なんでもないです。相変わらずでかいなーって……』

『そうかあ？　竜也とあんま変わんないけど』

『……お兄ちゃんの方がもう少し小さいよ……』

兄の竜也は確か百八十センチ。瑛は明らかにもっとでかい。兄によれば、百八十五センチあるとかないとか。

祖父との無言の対面を済ませた瑛は、いつになく悲しげだった。

——それもそうか。瑛のお父さんとお祖父ちゃん、囲碁仲間でよく家を行き来してたし……子どもの頃から祖父と接していたのは彼も同じなのだ。私より年上で祖父と接していた時間も長い分、それなりに悲しみはあるだろう。

対面を済ませた瑛を見送ろうと、玄関までついていった。

『そういやさっき初、外に出ようとしてなかったか』

玄関の三和土《たたき》に降りて靴を履きながら、瑛が思い出したように私を見る。

『あ、うん……』

『どうした？　必要な物があるなら俺が買ってこようか』

『……そういうんじゃないの。……じゃなくて……あの……こういうのが初めてだから……』

瑛が一瞬固まってから小さく頷《うなず》く。

彼は私が言わんとしていることを察知したようだ。

『あー……なんとなくわかった。初、時間あるか？　ちょっと外で話そう』

彼に連れられ敷地の端っこまで移動し、縁石の上に腰を下ろした。

この辺りは祖父の土地で目の前には畑が広がっている。玄関とは反対の場所に位置しているので、ここに目星をつけて捜しに来ない限り、通夜にやってきた人に見つかる心配はない。

——ここってよくお兄ちゃんと瑛君が、親の目を盗んで喋《しゃべ》ってた場所だな……

『で、何。どうした？　なんかあったんだろ』

『あー、うん……それが……』

通夜なのに伯父さん達がもう相続の話をしていることにモヤって、いてもたってもいられなくなって、家を飛び出そうとした……と、素直に全部話した。

それを聞いた彼は、笑いつつ、困ったような顔をする。

『そうか……』

瑛が腰の辺りに手をやり、ごそごそと何かを取り出した。手には、タバコの箱が握られている。

『瑛君、タバコ吸うんだ？』

『まあ、大人ですから』

苦笑しながら瑛がタバコを一本取り出すと、慣れた仕草で火を点《つ》けた。

それを眺めながら、ぼんやりと過去の瑛と今の彼を比較する。

私よりも五つ上だから今二十五歳。彼が小学生や中学生の頃は頻繁に我が家にやってきて、うちで一緒に夕飯を食べたりしたこともあった。

高校は兄と別だったため、以前ほど我が家にやってくることはなくなった。優秀だった瑛は、高校卒業後都内にある有名大学に進んだと兄から聞いた。そのまま向こうで就職したという話を聞いたような記憶はあるが、どうも私が大学進学で上京するのと入れ替わりでこっちに戻り、父親が社長を務める建築会社に転職したのだという。

——なんだかんだでここ数年はほとんど会ってなかったし……そりゃ、タバコぐらい吸うか……

しかしタバコを吸う姿がいちいち様になっていて、なんか悔しい。加えて私に煙がいかないよう、風下に向かって煙を吐き出してくれているのがわかって、悔しさに拍車がかかった。

この人、いつの間にか立派な大人の男になっている。

『で。さっきの話だけど』

『……ん？』

急に話を戻されて、瑛を見る。

『おじさん達が相続云々《うんぬん》ってヤツ。初の気持ちはわかるけど、そういうのもちゃんとしとかないといけない、っていうおじさん達の気持ちもわかる。相続関係は揉《も》めると面倒だからな』

『でも、まだ亡くなったばっかりなんだよ。おばあちゃんだってまだすごく落ち込んでて、そんな話する余裕なんかないのに』

『だからだろ。ばあさんができないなら誰がやるんだ？　息子達がやるしかないだろ。それに、葬式で親戚一同が集まるならそのついでに話をまとめた方が格段に楽だ。全国に散らばると、全員集めて話をするのだって容易じゃない』

いちいちもっともなことばかり言われてしまい、反論ができない。

——瑛君って……五つしか違わないのに、なんでこんな説得力のある話し方ができるのだろう。

昔っからそうだ……

だから私が高校に進学する時も兄よりまず瑛に相談したし、大学だってどこが良いか真っ先に瑛に相談した。それを知った兄は少々落ち込んでたけど、こればかりはどうしようもない。瑛に相談すれば、ある程度の悩みは解消されるということを経験上知っていたからだ。

瑛はいつだってアドバイスが的確でわかりやすい。私が欲しい言葉や選択をくれないときもあるけれど、彼の言うことは大抵間違っていなかった。

『おじさん達だって大変だと思うよ。だって、自分の親が死んでるんだぜ。絶対悲しいに決まってる。でも、悲しんでるだけじゃダメなんだよ。生きている人達は、この先のことも考えなきゃいけないからな』

ふー、と空中にタバコの煙を吐き出す瑛を見つめる。

私の好きな、瑛の横顔。

――何年経《た》ってもやっぱり……好きだな。瑛君の横顔……

私が兄ではなく瑛に相談してしまうのは、彼の事が好きだからだ。

思えば私がまだ小学生で、瑛が中学生になったばかりの頃。それまで見てきた彼と違い、制服を着た姿がやけに大人びて見えて、幼心にドキドキした。

多分あれが初めて瑛を異性として意識した瞬間だったと思う。

――兄の制服姿はいくら見てもなんとも思わなかったのに……てことは、その前から瑛が好きだったんだろうな……

つまり私の初恋の人なのだ、この人は。

『……瑛君て、なんでそんなに大人なの？』

不満を言った自分が幼く思えてきて、つい愚痴ってしまった。

『なんでって……年を重ねたら自動的に大人になるシステム……』

『そういうんじゃなくて。瑛君、昔からこうだったでしょ。達観してて、子どもなのにどこか大人っぽかったし』

思っていたことをぶつけたら、当の本人は自覚がないらしく首を傾《かし》げている。

『そうかね。あんまり考えたことないけど……うちは父親が変わり者で、俺が子どもの時からあんまり子ども扱いしなかったからかもな』

『子ども扱いしないって、どういう……』

『仕事でなにがあったとか、こういうのは困るとか、そういったことを子どもの前で普通に話す、とかかな。あとは何か聞いても自分で調べろ、って言われた。当時はええ、って思ったけど、結局自分で調べないと身につかないから、あれはあれで自分にとっては良かったと思ってる』

そういうふうに思えることがもう、大人だと思う。

『なんか、ずるい……』

『へ。なんで』

『瑛君ばっかり大人でずるい』

むすっとしていると、隣からははっ、と軽快な笑い声が聞こえてきた。

『そんなことない。初だってもう立派な女性だろ。今度成人式だっけ？』

『年齢だけはね……』

『外見だってちゃんと大人だよ。俺、さっき初を見てちょっと驚いたもん』

『え……』

　それほんと？　という期待を込めて瑛を見つめる。そんな私からの圧ばりに強い視線に耐えかねてか、瑛がタバコを口に咥《くわ》え、フーッと煙を吐く。

『話したらすっきりした？』

『ん？　あ、まあ……さっきよりは……。でも、まだ中に戻りたくないな……』

　どうせ中に戻ればまだ伯父さん達が話し合いをしているはず。瑛に言われて理解はしたけど、あんまりあの会話を耳に入れたくない。

『瑛君、今暇？』

『ん？　時間ならあるよ』

『……じゃあ、ドライブに連れてって』

　瑛がタバコを咥えたまま、私を見る。突然の提案に驚いているようだった。

『夜景見てぼーっとしたい。……だめかな』

　ダメ元でお願いすると、瑛が胸ポケットから携帯灰皿らしき物を出し、吸っていたタバコをその中に入れた。

『いいよ。でも、おばさんが心配するから、ちゃんと俺と出かけるって言ってきな』

彼が立ち上がり、自分の家がある方角へ向かって歩き出した。

『わかった。ありがと瑛君』

彼に言われたとおり、一度家に戻って母に瑛と出かけてくると伝え、近所にある彼の家に走って行った。

*

――そうだった、あれって私が誘ったんだった……

新幹線に揺られながら、自分のしでかしたことに恥ずかしくなって、がっくり項垂《うなだ》れた。

その一件以来、瑛と顔を合わせたくなくて、実家に帰る頻度が極端に減った。

さすがに全く帰らないのはまずいので、数年間は正月だけは帰省していた。それでも、学生時代は極力瑛と遭遇しないように予定を詰め込み、終わり次第とっとと自分のアパートに戻っていた。

でも、社会人になってからは忙しさにかまけてここ数年一度も帰省していない。

しかしさすがに兄の結婚式に帰らないわけにもいかず、今回こうして実家に帰る羽目になっている。しかも、結婚式なんか絶対兄と親しい瑛も呼ばれているはず。

心底気まずくて、どうにかして結婚式を回避できないか数日本気で悩んだくらいだ。

——風邪でも引けば行かずに済むと思ったけど。これが、至って健康なんだよね……

かといって兄のことは好きだし、結婚するのは喜ばしいこと。心から祝ってあげたい気持ちは嘘《うそ》じゃない。だから、ある意味腹を括《くく》るような気持ちでいる。

お酒に逃げようかと思ったけど、おめでたい日を前に酔っ払って帰省というのは、なんか違うかなと思い、やめた。

とにかく、結婚式と披露宴が済んだらまっすぐ実家に戻るか、そのまま新幹線に飛び乗ってアパートに帰ってしまえばいい。

それにあれから八年も経過しているのだから、さすがに瑛も私のことなんか忘れているかもしれない。いや、むしろその可能性の方が高い。

そう考えると気持ちが少し楽になる。

——そうだよね。いつまでも八年前のことなんか引きずらないよね？

むしろ引きずっているのは私だけだったりして。

だとしたら、こんなに警戒して彼に会わないよう計画を立てている自分が、少々馬鹿らしく思えてきた。

結婚式当日の朝は、なんだかんだで慌ただしく、瑛のことを考えている余裕はほぼなかった。自分で用意したワンピースで出席するつもりだったのに、親に家にある色留袖を着ろと押しつけられ、急遽着付けと髪のセットで美容室に行く羽目になってしまったからだ。

とはいえ、これでも譲歩させた。なんせ最初は成人式に着た振り袖を着ろと言われたからだ。

――あんな真っ赤で目立つ振り袖なんかもう着たくないし……だったらこっちでいいや。

いつか私が必要になるだろうからと祖母が作ってくれたのは、クリーム色と黄色の中間くらいの淡い色の色留袖。正直、見せられた時はいつの間に!? と驚いたけれど、着てみたら思いのほか素敵で、ちょっと気分が上がった。

――おばあちゃんセンスいいわ……これなら今だけでなく長く着られそうだし。

長い髪を巻いて後頭部でまとめてもらい、結婚式スタイルはバッチリ決まった。ただ、足袋に草履というのは履き慣れていないので、歩き方がぎこちない。

美容室から直接父の運転する車で結婚式と披露宴が行われる会場に到着した。新郎の兄と兄の奥様となる新婦さんが待つ控え室に顔を出し、集まった親族に挨拶をする。この八年間あまりゆっくり親戚や従兄達とも顔を合わせてなかったので、久しぶりの再会は自然と会話が弾んだ。

話せば普通に楽しいし、懐かしい昔話で盛り上がる。前の日までは今日という日を迎えるのが不安でたまらなかったけど、意外とこういう場も悪くない。

――まあ、そうよね。会いたくなかったのは瑛だけで、親戚や従兄達に会うのは全く問題なかったわけで……

なんか、自分がやってきたことがムダだったような気がしてきた。

結婚式が始まる時間が近づいてきたので、親族控え室から会場となるチャペルに移動する。親族の方は前の方へどうぞと係員に言われ、一番前に並んだ両親の隣に立った。

厳かな音楽が流れ、まず兄が牧師さんの前に立つ。そして、父親に連れられた新婦がチャペルの中央をゆっくりと一歩ずつ進む。テレビでもよく見るこの光景をしっかりと目に焼き付けようと、新婦に注目する……のだが。

――あ。

新婦が通り過ぎる前、視界に入ってきた新郎側の席の、通路側にいる背の高い男性の背中。

顔が見えなくても、シルエットだけではっきりわかった。瑛だ。

私の位置から瑛までは数メートルある。もちろん、間にはかなりの人がいる。多分正面に向き直ると、瑛の身長なら私に気付くはず。

その事実に気がつき、ドキドキしながら慌てて体の向きを正面に戻した。

あれから八年経っているのに、すぐに瑛だとわかるくらい彼は変わっていなかった。

――まずい……まだ目も合ってないのに、これだけでもうドキドキしてる……

今ちょうど目の前では、兄と新婦が誓いの言葉を交わし、指輪を交換しているところ。はっきりいって、結婚式のメインイベントのようなものだ。でもそれらが全く頭に入ってこないくらい、今の私は瑛のことで頭がいっぱいだった。いやもう、テンパっていると言っていい。

――ああもう。こんな思いをするくらいなら、なんであのときあんな行動を取ったんだ、私……!!

過去の自分の過ちを今更ながらに悔やんだところで、どうしようもない。

瑛が私の初めての相手だという事実は、どうやったって変えられないのだから。

＊

八年前のあの夜。

瑛に車を出してもらい私達が向かったのは、すぐ近くにある小さい山の上にある夜景スポット。

ここはハイキングコースにもなっていて、ハイキングコースとは別に道路が整備されており、頂上にはレストランや眺望スポットがある。地元の人はあまり行かないかもしれないが、この町では観光スポットの一つになっている。

『ここ、結構有名なデートスポットなんだってね』

頂上までの道を上がっている最中、何気なく呟《つぶや》くと運転席から『そうらしい』という返事が返ってきた。

『周りも静かだし景色もいい。愛を囁《ささや》くにはちょうどいいんじゃないか』

『愛。……瑛君も囁いたことあるの？』

『ない。なんで愛を囁くのにわざわざ山まで行かないといけないんだ。別に、やろうと思えばどこでだってできるだろ』

　確かに。

『でもさっき、愛を囁くのにちょうどいいって言った……』

『一般論だ、一般論』

　淡々と話しながら、まっすぐ前を見てハンドルを切る。山道までは緩やかなカーブと、時折勾配のきつい道もあるのだが、瑛は慣れた様子で頂上まで車を走らせていった。

　到着した駐車場には、車が数台。レストランはもう閉店時間が近いのだろう、お客もまばらだ。

『そういやお前、夕飯は食べたの？』

　広い駐車場の一角に車を停《と》めた途端、すぐに質問が飛んできた。

『ううん、食べてない。でも、いい。そんな気分じゃない』

『食っといた方がいいぞ。俺は告別式だけ参列するけど、お前は朝から火葬場で、そのあと告別式だろ。体力つけとかないとぶっ倒れる』

『だって、食欲ないんだもん……』

　隣からため息が漏れる。

『出るか？　夜景が見たいんだろ』

『……うん』

先に瑛が車を降りたのを見てから、私も降りて展望台へ歩き出す。

展望台に先客は一組だけ。でも、私達が来ると、そそくさと展望台から離れて行った。

――あ。もしかして、邪魔しちゃったかな……

しかも私も瑛も喪服という出《い》で立《た》ち。パッと見たときにどこか深刻そうな、ある種の気まずさを感じたのかもしれない。

『……なんか、誤解されたかも』

瑛も苦笑する。

『かもね。着替えてくればよかったかな』

私もため息をつきつつ、展望台のデッキに上がった。久しぶりに見る田舎の夜景は、都会の夜景とは違い派手さはない。でも、どこか懐かしい。空気も澄んでいて気持ちがいいので、ずっと見ていられる。

でも低いといえどもここは山の上。平地よりも標高が高いので肌寒い。上着も持たずに出てきたので、ずっとここにはいられない。

『寒いね』

ぼそっと呟いたら、瑛が着ていたジャケットを脱ぎだした。

『えっ、いいって!!　瑛君、それ脱いじゃったらシャツだけじゃない』

『平気。さっきまで車の中が熱かったから。しばらくは大丈夫』

ほら着てろ。と私にジャケットを掛けてくれる。そんな瑛の優しさが沁《し》みた。

――ただでさえ好きなのに……こんなことされたら勘違いしそうになるんだけど……

瑛のジャケットからはほんの少しタバコのにおいがした。それが、私をキュンとさせた。

しばらく夜景を眺め、本気で寒くなってきたので車に戻った。駐車場にあった自動販売機でホットコーヒーとカフェオレを買ったので、それで暖を取った。

半ば強引に連れてきてもらっちゃったけど、二人で車の中にいるとこれってデートみたいだ。

今だけ初恋が叶《かな》ったような錯覚に陥りそうになる。

『じゃ、これ飲んだら帰るか』

『え。もう帰るの』

咄嗟《とっさ》に出てしまい、しまった、となる。

私の反応に瑛も困惑顔だ。

『もうって、あんまり遅いとおばさんが心配するだろ。それにさっきも言ったけど……』

『明日朝早いから、でしょ。わかってるよ。……でもまだ帰りたくなかったの』

せっかく瑛と二人きりになれたのに、もうこの時間が終わってしまう。もちろん瑛の事情もあるだろうから無理強いはできない。それは分かってる。

でも、まだ離れたくない。

帰らないで済む方法を必死で考えた。だけど、買い物に行くにもコンビニくらいしか開いてない。かといってファミレスに行くという気にもならない。

——どうしよう……

答えが出なくて焦る私の横で、瑛が車のエンジンをかけようとする。それを見た私は、反射的にその手を掴《つか》んだ。

『待って！』

瑛の手がビクッと震えた。

『な……』

『お願い、待って。まだ帰りたくないの』

お願いだからという気持ちを込めて瑛を見つめる。

彼がわかった、と言ってくれるのを待つが、いつまで経ってもその言葉が出ない。代わりに無言のまま瑛と見つめ合う。

時間にしたら数秒の出来事だったかもしれない。でも、私にとってはとても長い数秒だった。それに心なしか、私を見つめる瑛の目が徐々に熱を帯びてきた。

多分私は、そこで我慢の限界に達してしまったのだと思う。長年抱いてきた瑛への気持ちが溢《あふ》れてしまい、もう自分では制御できなかった。

その結果なにをしたかというと、勢いよく瑛の唇に自分の唇を押しつけたのだ。

薄ーく目を開けてみると、瑛の目はぱっちりと見開かれたままだった。それを知った瞬間、少し冷静になり、弾かれたように彼から距離を取った。

――や……やばい、やってしまっ……

助手席に戻り、正面に体を戻す。隣の瑛が今どういう顔をしているかはわからないが、多分彼は戸惑っていたのだと思う。

――そりゃそうだよね……まさか、い、妹みたいな存在の私にいきなりキスされるとかびっくりよね……

もし逆の立場だったら私だってびっくりする。本当に今更だけど瑛に申し訳なかった。

『ご……ごめん……なさ……』

謝っている途中で、ぐいっと右手が引っ張られる。それに驚く間もなく、今度は瑛が勢いよく私の口を塞いできた。

――え。なにこの展開……

てっきりキスしたことを咎《とが》められると思っていたのに、どういうことだろう。

さっぱり事情が飲み込めなくて、右手は彼の胸に、左手は空でパーのまま固まっている。

『ん……!!』

瑛のキスは、すごかった。

触れあった瞬間に舌が口の中に入ってきて、口腔《こうこう》を蹂躙《じゅうりん》される。さっきのキスが人生初キスだった私にとってディープキスは未知の世界。この場合はどうしたらいいのかという予備知識すら全く備えていなかった私は、なにもできずただされるままになる。

——わけわかんないし、苦しいし、これどうしたらいいの!?

されるままになっているのも限界がある。呼吸ができなくて苦しくなってきた私は、瑛の胸をバシバシと叩《たた》いて止めてくれと訴えた。そしてようやく解放された。

『……は……はあ……』

肩で息をしながら瑛を見つめる。瑛の目は、まだ熱を帯びたままだった。

『先にしてきたのは初』

『そ……それはそうだけど。……私のは、軽いヤツだったじゃない。こ、こんなすごいのじゃ……』

『あんなのキスに入らない。キスってのはこういうヤツ。勉強になったろ』

最後の一言でカチンとくる。

まるで私が子どもだと言わんばかりのその態度に、体が熱くなった。

——いつまでも私が子どもだと思わないで……!

『じゃあ、もっと教えてよ』

『……キスは今教えただろ』

『その先』

　さすがに瑛も、すぐに私の意図を理解したようだった。一瞬だけ真顔に戻った彼は、意図的に私から視線を逸《そ》らしたように見えた。

『お前、その意味分かって言ってんのか』

『もちろん。私、もう二十歳ですから』

『いや、二十歳だからって……』

『瑛が教えてくれないなら、他の人に頼む』

　ハンドルを掴んでいた瑛の手が、ビクッと震えた。

『他の人って誰』

　はっきりいって、私にそんなことを教えてくれるような知人はいない。大学の友人も、いい人はたくさんいるがそれはあくまで友人としてだ。異性として、体の関係になってもいいと思えるような人には、未《いま》だ巡り会えていない。

　瑛以外。

『身近にはいないよ。……出会い系とか？　で探そうかな』

　こう言った瞬間、勢いよく肩を掴まれた。

『やめろ』

　いつになく真剣な瑛に、こっちが驚いた。

『え、だって……』

『そこまでするくらいなら、俺が教えてやる』

すると瑛がエンジンをかけ、急《せ》いた様子でハンドルを握り駐車場から車を発進させた。

『え、ど、どこに……』

『こんなところで教えられないだろ。移動する』

真正面を見てアクセルを踏み込んだ瑛を見つめ、私は言葉を失っていた。

*

「さいあく……」

過去のことを思い出し、結婚式が終わり親族の控え室となっている会場で一人大反省中。

はっきりいって、悪いのは私だ。瑛を連れ出して二人きりになったのも私のせい、キスして瑛を焚《た》きつけたのも私。

——全部私がいけないんじゃん……

そう考えたらやっぱり瑛とは顔を合わせにくい。どんな顔して会えばいいのか全く思いつかない。

ちなみに私の近くには両親と、数名の親戚がソファーに腰を下ろし、コーヒーを飲んだりお茶を飲んだりと思い思いに過ごしている。

こんなところにいたらあっさり瑛に見つかりそうなのだが、この辺りにいるのは全員が親族。兄の友人達はまた別の場所に集まっているようなので、ひとまずここにいれば安心だろう。

フリードリンクの中にあったウーロン茶を飲みながら、とりあえず気持ちを落ち着ける。

――披露宴さえ終わればなんとかなる。さっき確認したら披露宴後はそのまま解散らしいし、さっさと帰れば今日を乗り越えられる……!!

しかし、私はあることを失念していた。

田舎には新郎新婦の身内が招待客のテーブルを回ってお酌する、という風習があることを。

披露宴が始まる前にそれを母から聞かされた私は、愕然《がくぜん》とした。

――やっぱ、終わった……

それをやったら間違いなく瑛と遭遇してしまう。

……しかし、披露宴という場で一瞬遭遇したところで、私的かつ深い会話をする暇はないことに気付き、一気に元気を取り戻した。

――そっか、そうだよね。招待客全員にお酌して回らなきゃいけないんだもの、一人一人とそんなに話す時間なんかないよね。そうだよ……なんだ、心配して損したわ……

勝手に一人で落ち込んでは元気になり、というのを繰り返しているうちに披露宴の時間が近づいてきた。会場となるホールに移動するため、控え室を出て両親のあとを歩いて行く。

しかし、この格好をして数時間が経過したにもかかわらず、未だに歩き方がしっくりこない。しかも着物の裾が少しめくれていることに気がつき、足を止めた。

――あれ、いつの間に……気がつかなかった。

壁に手を突き裾を直していたそのとき、背後から人が歩いてくる気配がした。邪魔になると思い壁側に体を寄せていたら、その足音が私の隣で止まった。

「手を貸しましょう」

若い男性の声だ。この会場にこんな紳士が紛れていたのか、とほっこりしながら、顔を上げた。

「いえ、もう大丈夫で……」

大丈夫です、ありがとうございます。と言うつもりだった。

でも、目の前で微笑《ほほえ》んでるのが私が朝から避けまくっていた瑛その人だったので、残りの言葉を口にすることはできなかった。

――て……てる……!!

さっきチャペルで見つけた時も思ったけど、八年経ってイケメンぶりがアップしているのが、間近で見るとよくわかる。

五歳年上の瑛は、現在三十三歳。しかし、顔だけなら二十代といってもおかしくないくらい若々しい。もちろん目を引くのはその若々しさだけではない。よりによって三十代になり、二十代とは違う男の色香が倍増している気がする。

とんでもない人とあんな過ちを犯してしまった。そんな気がしてならない。

口をパクパクさせている私は、さながら池の鯉《こい》。傍《はた》から見れば明らかに行動が怪しいだろう。

「着物大丈夫か。帯がキツいとか？」

「え……ううん、大丈夫。ちょっと裾がめくれてただけ……」

「初」

八年ぶりに名前を呼ばれて、心臓が跳ね上がった。

「久しぶりだな。元気そうでよかった」

心臓の音が大きすぎて、内容がすんなり頭に入ってこない。

「う、うん……元気だよ。瑛君も変わんないね」

「君付けとか気持ち悪いから瑛でいい。それよりも初、披露宴のあと少しでいいから時間もらえないか」

「え」

「話したいことがある」

――話したいこと…………って、なに……？

言われてすぐ、いろんなことが頭を駆け巡った。

八年前のあの日のことを謝られるの？　あんなことして悪かったとか？　もしかして八年間ずっ

と気にしてたとか。

でも、それ以外の可能性だってある。もしかしたら、瑛も結婚が決まったとか……

――うん。全部聞きたくないし、知りたくもないな！

気持ちが固まった。

「私は、ないから！」

きっぱり断ると、瑛が目をまん丸くした。おそらく私からこんな返事が返ってくるとは露程も想像していなかったのだろう。

「いや、お前になくても俺はあるんだよ」

「ごめん、披露宴のあとも時間ないから。じゃ……」

「初」

瑛が困惑しているのは分かっていた。それでも彼と話をする気にはなれなかった。

なぜなら今の私は、彼の言葉一つで嫌でも惑わされてしまいそうだったから。

八年かけてやっと彼の事を忘れられそうになっているのに、ここでまた振り出しに戻されてたまるか。

着物なので歩く速度は遅いけれど、私は一度も瑛を振り返ることなく、自分の席に向かった。

披露宴が始まり、新郎新婦がスモークとともに入場してきた。幸せそうな二人を祝福すべく、来賓のスピーチが続き、ケーキカット。それから乾杯して歓談タイム。

私が恐れていたお酌の時間がやってきた。でも、瑛にはすでに遭遇してしまったし、さっきよりは緊張もしていない。

それに、お酌に回るのは両親と私と、従兄も数人回ってくれるとのこと。回る人数が増えたのと、割り当てられた場所の関係で、私が瑛のところへお酌に行く可能性はなくなった。

——なーんだ、よかった。

激しく安堵《あんど》しながら遠縁の親類や、兄の職場の関係者のテーブルを回ってから自分の席についた。

ただ、ドリンクの瓶を持って歩いている間、瑛がいるテーブルから刺さりそうなほどの視線がこちらに向いていたような気がしたのだが、まさかね。

披露宴が滞りなく穏やかに、楽しく、そして最後は感動的に幕を閉じた。

花嫁の手紙で会場にすすり泣く声が聞こえる。それを目の当たりにしながらも、私は瑛のことが気になって泣くどころではない。

——なんとか遭遇しないように帰らなくては……

でも新郎の妹が一目散に会場をあとにするわけにはいかない。一応出口付近に両親達と並んで立ち、お客様を見送らなければ。

ここにいたら絶対瑛に遭遇してしまうけれど、みんな見ている状況なら変なことも言われまい。

それを確信して、出席してくれた皆さんをお見送りした。

兄の知り合いはほぼほぼ初対面なので、誰が誰なのかさっぱりわからない。むこうも私のことを知らないので、一人一人に妹だと自己紹介して笑顔を作った。しかし、全ての人と挨拶は終了したはずなのに、まだ瑛の姿がない。

――あれ？　瑛、いなかった……。もしかして披露宴の途中で帰ったとか？

私がさっき素っ気なくしたから、気分を害して帰った可能性はある。そう思うと、少々胸が痛いが私にとっては好都合。

よかった～、と胸を撫《な》で下《お》ろしながら、両親と一緒に帰るため出口までの道を進む。兄たちは着替えが済み次第二次会に向かうそうなので、ここからは別行動となる。

その話を聞き、あ、と閃《ひらめ》いた。

――そうか。瑛は二次会の準備に行ったのかも。兄が確か、仲のいい友人達主導でやるって言ってたから……

なんて思っていたら、いきなり背後から手首を掴まれ、グッと体をそっちに引き寄せられた。

「えっ？　な……」

驚きつつ振り返ると、私の手を掴んでいたのは瑛だった。

「きゃっ……」

思わず叫びそうになったが、瑛の大きな手が口を塞ぎ、それを阻止した。

「こっち」

――なんで口塞ぐの!?

数メートル前にいる両親達は気付いていない。それをいいことに、瑛は私の手を引き両親達からは見えない位置にある椅子に座れという。

「あの……私、両親の車で帰る予定なの。足ないから」

「俺が送ってやるよ」

「いや、そうじゃなくて」

――あなたに送ってもらうなんて、気まずさマックスなことしたくないんですけど……!!

と、喉まで出かかったけど飲み込んだ。

今はこんなやりとりに時間をかけるべきではない。なにか話したいことがあるなら、さっさと言ってもらった方が時間的には短く済む。

仕方なく、黙って椅子に座った。

「……それで、話したいことってなに」

瑛も座るのかと思ったら座らない。私の前に立ち、スラックスのポケットに片手を突っ込んだまま私を見下ろしている。その顔は無表情に近い。

「……八年ぶりに会ったのに冷たいな。初ってこんなだったっけ」

「こんなってどんな……だって、時間ないから。それに私は話すことないってさっき言ったのに、強引に呼び止めるから」

別に冷たくしてるわけじゃない、と付け加えたら、瑛がふうん、と呟く。

「じゃあ手短に話す。初、連絡先教えてくれ」

「へっ」

淡々と訊かれ、拍子抜けする。

ここまでして二人きりになりたかったということは、なにかもっと言いにくいことを言われたり訊かれたりすると思っていたのに。

「……連絡先……なんで？」

「なんでって、連絡したいから」

なんのために？

まずはそこが一番気になったけれど、理由を訊く勇気が出ない。

「……お、お兄ちゃん経由でよくない？」

これには瑛も不愉快そうに顔を歪《ゆが》めた。

「なんで初に連絡するのにいちいち竜也をかませないといけないんだ。面倒だろうが」

真理を突かれて、ぐうの音も出ない。

――どうしよう……

真剣に悩んでしまう。

だって、ここで瑛に連絡先を教えてしまったら、私達はまた繋《つな》がってしまう。

あの夜のことを断ち切るのに数年かかった。……いや、正直言うと今だってまだ忘れられなくて、若干拗《こじ》らせてるのに。

ここでまた瑛との縁が復活してしたら、一生この人から抜け出せなくなるかもしれない。……それが怖い。

意を決し大きくため息をついてから、瑛を見上げた。

「……だめ。教えられない」

「なんで」

「なんでも」

頑《かたく》なな私の態度に、瑛が不機嫌そうに目を細めた。

「………あ、付き合ってる男がいるとか？」

付き合っている男なんて、いない。

そもそも、私が今恋愛していないのはこの男にも原因があるのだ。もちろん本人には言ってないから、知らないだろうけど。

「そんなのいない」

吐き捨てるように言ったけれど、すぐに後悔した。いると一言言ってしまえば、連絡先の件も諦めてくれるかもしれなかったのに。

——私、バカじゃない？

今すぐここに穴を掘って埋まりたくなる。

「いないのか。じゃあ問題ないだろ」

なぜか少し安心したような顔をする瑛に、ますます疑問が湧く。

――なんで私に男がいないと知って、そんなに嬉《うれ》しそうなんだ……

「問題はある。……とにかく、瑛には教えたくない」

「なんで」

「なんでも！　もういい？　本気で置いてかれちゃう」

立ち上がって出口に向かおうとしたら、いきなり目の前に瑛の腕がどアップで迫る。その手でばん、と壁を突きいわゆる壁ドン状態になった。

「ちょ……」

「つれないな。八年前、あんなに熱い時間を過ごした男相手にそれはないんじゃないの」

ついにあの夜のことを持ち出されて、反論の文句が浮かんでこない。

「そんなこと言われても……」

「わかった、じゃあひとつだけ」

今度はなにを言われるのだろうと身構えた。

「キスしてよ」

文字通り、目が飛び出るんじゃないかってくらい驚いた。

「は？　なに言ってんの？　できるわけないでしょ」

瑛を睨《にら》みつけた。でも、彼は怯《ひる》むどころかニヒルな笑みを浮かべるだけ。

「今周りに誰もいないし、問題ない。ほら、早く」

「早くって……」

「ほら」

瑛が顎をくいっと突き出し、軽く腰を屈《かが》めた。

――ほらって、ちょっと……!!

嘘でしょ、と思いつつ瑛を見つめる。その綺麗な口から「冗談」という単語も出ない。

これは、どうやら本気らしい。

本音を言えば、こんなところでキスなんてできるわけない。でも、いつ私の親が戻ってくるかわからないこの状況では、時間を無駄にできない。そんな私が取るべき行動は、一つしかなかった。

「～～～っ」

周りを見回して、勢いよく瑛に口づけた。……頬《ほお》に。

「ほら、これでいいでしょっ」

やっつけ仕事ばりにキスをして、この場を去ろうとする。しかし、目の前にある瑛の腕はびくともしない。ついでに瑛の顔がものすごく不機嫌になった。

「今のがキス……？」

「そうよっ、ちゃんとしたからね！　じゃ、私はこれで……」

私を通せんぼしている瑛の腕をくぐって逃げようとした。しかし、今度はいきなり腰に手が回り、ぐるっと体が反転させられた。

「えっ……」

戸惑う間もなく、唇に生温かいものが押しつけられる。目の前には瑛の綺麗な顔があって、キスされているという事実に気がついたのは、数秒経ってからだった。

——なっ……なんで!?

まず、ドン！　と一回瑛の胸を叩く。しかし全くキスを辞める気配はなく、もう一回。でも唇が離れて行く気配はなく、それどころか。

「んっ!?」

強引に唇を割って舌が入ってきて、奥にあった私の舌と絡まり合う。

思いのほか濃厚なキスになってしまい戸惑うけれど、舌の動きと腰に添えられた手の温かさに全身がほてり出す。急に自分の身に起こった甘い時間は、一定時間私の自由を奪っていった。

八年前にしたときみたいな、強引で熱いキス。自然とあの夜のことを思い出して、ドキドキなんかしたくないのに勝手に子宮がきゅうっとなる。

——まずい……!!　このままじゃ非常によろしくない……!!

痛くも痒《かゆ》くもなさそうだけど、それに懲りず何度も相手の胸を叩いた。さすがにバシバシ叩かれているうちに口の中にあった瑛の舌の動きが鈍くなり、ついに離れた。

離れてから視線を合わせながら、ついでにもう一発。今度は相手の頬を叩いた。

「なにすんの!!」

頬を叩かれた瑛が、苦笑しながら自分の手を頬に持っていった。

「まさか叩かれるとは」

「なに考えてんの……!?　こ、こんなところで……」

結局キスの間も私達がいるところには誰も姿を見せなかった。しかし、急に消えた私を探しに両親のどっちかが戻ってくる可能性だってあったのだ。そこんところをよくわかってもらいたい。

「そっちが逃げようとするから。こうするしかなかった」

しれっと言ってのける瑛に、言葉を失う。

「私が悪いっていうの？　……ありえない」

もうこれ以上この人と話したって意味ない。それどころかまた強引になにかされたらたまらない。

……いろんな意味で。

「私、行くから」

瑛を押しのけて歩き出そうとする。

「だから送るって」

背後から瑛が私の手首を掴もうとする。でもそれを素早く払いのけた。

「いいってば。……両親が待ってるから、放して」

強い意志を持って瑛を見つめる。これにはさすがに根負けしたのか、瑛が両手を挙げた。降参のポーズでため息をつく。

「わかったよ。もうしない」

無言のまま瑛と見つめ合って数秒。先に目を逸らし、両親が待っているであろうエントランスまで歩き出した。

瑛は、なにも言ってこなかった。

あまり急ぐと多分足がもつれて転ぶ。だから、もつれない程度に急いで瑛から距離を取った。

なんとかエントランスまで辿《たど》り着《つ》くと、案の定両親が私の到着を待っていた。

「初。お前途中までは後ろにいたのに、どこに行ってたんだ？」

「と、トイレに……」

父親に嘘をついたのは申し訳ないが、今はこう誤魔化《ごまか》すことしかできなかった。

近くにあった椅子に座っていた母も立ち上がり、三人で駐車場へ移動し、車に乗り込む。

——全くもう……さほど怪しまれなかったからよかったものの、親が見に来たらどうするつもりだったのよ……

瑛のヤツ……と心の中で悪態をつく。

早く着物を脱いで楽になりたい……と思いながら車に揺られ、駐車場の出入り口を出ようとしたとき。式場から歩いてくる瑛の姿があった。

引き出物が入った大きな紙袋を持ち、背筋をまっすぐ伸ばしながらこちらに歩いてくる。すらりとした体に小さな頭。その整った美しい顔は、一目見たら忘れられないほどのインパクトがある。

その美しい顔をした男が、チラリとこっちに視線を送ってきた。後部座席はスモークガラスになっているので、彼が私に気付くはずはない。

それなのになぜか一瞬だけ、彼と目が合ったような気がした。

——いや……そんなはず、ないよね？

困惑しながらこっちから視線を外した。

唇にはまだ、瑛の唇の感触がしっかり残っている。

彼はなぜあんなことをしたのだろう？

そのことが気になったけれど、結婚式も披露宴も終わり、私はまた明日から自分のアパートに戻ってこれまで通りの日常を送るだけだ。

——そう。元の日常に戻れば瑛のことを考える余裕はなくなる。それに、側にいなければ瑛も私のことなど自然と忘れるだろう。考えたり戸惑うだけ時間のムダだ。

こう思い直し、髪についたピンを外しながら車のシートに体を預けた。

二、八年前

八年前の夜。

展望台を出発し瑛《てる》が私を連れてきたのは、うちから一番近いインターチェンジ周辺にあるラブホテルだった。

四階建ての一階部分が駐車場になっており、瑛は特別緊張する様子もなく、あっさりと車をホテルの駐車場に停めた。

——瑛、もしかして来たことあるのかな……

私にとっては初めてのラブホテル。ここに来るってことは目的は一つしかない。

その事実と今の状況は、未だかつてないほど私を緊張させた。

『……瑛、ここに来たことあるの』

訊かずにいられなかった。

私の質問に、彼は目を細めた。

『ない。初めて』

『……なんでここを選んだの？』

なぜそんなことを訊くんだと、瑛の考えが全部顔に出ている。

『この辺だとここが一番新しいはずだから。それとも、もっと古くて渋いホテルの方がよかった？』

『いえ、こ……ここでいい、です……』

余計な事を言って瑛を怒らせたらまずい。

ただでさえ、私のわがままでこんな所まで連れてきてもらったんだし。大人しくしていよう。

ホテルの建物に入ると、ライトに照らされた部屋の写真パネルがいくつか表示されていた。照明が消えて暗くなっているのは現在使用中の部屋で、それぞれに部屋の料金も書かれている。

『選ぶ？』

ぼーっとパネルを見つめていたら瑛が声をかけてきた。

『え。い、いや、いいです……どこでも……』

『じゃ適当に』

瑛が手近にあったパネルのボタンを押す。料金的には、一番高い部屋と低い部屋の中間にあたる値段設定の部屋だった。

すぐに出てきた鍵を取り、瑛が私の手を取りすぐ近くにあったエレベーターに向かう。

エレベーターに乗ったら、もう引き返せない。

――そんなの……後悔なんかしない。もう、このまま瑛とそういう関係になれれば思い残すこともない……

まるでもう瑛と今夜を最後に会えなくなるみたいだ、と内心苦笑する。でも、あながち冗談でもない。

わがままに強引に、自分の欲望を満たすためにこんなことをした。そのせいで今日限り瑛に嫌われる可能性が高い。だから、今夜を最後に瑛の前から姿を消したっていい。それでも、この人に抱かれたい。

こんなことを繰り返し考えていると、ぐいと手を引かれる。エレベーターが目的の階に到着したようだった。

瑛がまっすぐ通路を進んでいく。というか、私達が選んだ部屋まで案内するように部屋番号がしっかり点滅しているので、これなら迷うこともなくわかりやすい。

——すごい……こんな造りになってるんだ?

感心しながら部屋の中に入った。ドアを開けた瞬間暗かった部屋に照明が点《とも》り、部屋の中央にある大きなベッドが視界に入ってきた。

『……』

まず、言葉を失った。大きなベッドに二つ並んだ枕。その光景を見た瞬間、なんというかやる気満々というか、本当にそのための部屋なんだという事実がのしかかってきて、胸のドキドキが止まらなくなった。

『なに緊張してんの』

やっと手を離した瑛が、ジャケットを脱ぎ、窓側にある一人掛けのソファーに掛けた。

『き、緊張なんか、してない……』

『嘘つけ。手汗すごかったぞ』

言われてじっと自分の手を見る。確かにそうかもしれない。でも。

『大丈夫……するなら早くして』

これは、照れ隠しじゃない。のんびり話なんかしてたら、せっかくの決意が揺らぐ可能性がある。

それは私だけでなく、瑛の決意も揺らぎかねないということ。

ここまで来てやっぱりやめようとか言われる前に、早く彼に抱かれたい。

『初《うい》』

困惑気味の瑛に歩み寄る。勢いよく彼のシャツの胸辺りを掴み、ぐいと自分に引き寄せながら唇を重ねた。

この人の気が変わらないうちに、早く。

唇から私の願いが伝わったのだろうか。瑛の手が私の背中と後頭部に周り、深く口づけられる。

『ん……』

さっき車の中でしたキスよりもどこか忙《せわ》しない。キスをしながらベッドに移動させられ、気がついたら体を支えられながらベッドに横たわっていた。そして、真上から瑛に見下ろされる。

『止めろったってもう無理だからな』

――それはこっちの台詞《せりふ》だわ。

止めろって言われても、絶対止めてあげないから。

ベッドの上でバンザイするみたいな格好をしていた私の両手に、瑛の指が絡まる。まるで本当にベッドに縫い付けて、放さないと言われているみたいだった。

『あっ……』

瑛の唇が首筋に触れる。唇が熱くて、時々彼の吐息が首に触れるとくすぐったく感じた。

『んふっ……く、くすぐったい……』

たまらず体を震わせたら、なぜか呆《あき》れ顔《がお》で見下ろされる。

『えらく余裕だなあ、初。お前もしかして初めてじゃないとか？』

『え。初めてだけど』

こんなことで嘘をついてもどうせ実際にしたらバレること。正直に未経験であることを伝えたら、瑛の目が少しだけ見開かれた気がした。

『本当に？』

『本当。こんなことで嘘言わないよ』

『……ふーん』

そのふーん、に何が含められているのかは分からない。でも、ここから瑛が言葉を発しなくなった。

『ンッ、あっ……!!』

首筋にチクリとした痛みが走った。それに顔を歪めていたら、今度はいきなり胸の先端辺りを服の上から摘まれて、声が出てしまう。

『……固くなってる、ここ。服の上からでもわかるってすごいな』

喪服の生地がそれほど厚くないせいか、ブラに包まれている乳房の先端が固くなり始めているのがバレてしまう。

『や、も、喪服……しわになる……』

今になってそのことに気がつくなんて、私はバカか。

上体を起こして脱ごうとしたら、瑛が背中のファスナーを下ろし、脱がせてくれた。上半身に着ているのは薄手のキャミソールとブラジャー、下はショーツだけになる。

でもそのブラとキャミも、あっという間に脱がされてしまった。

何も身に付けていない上半身を、瑛にマジマジと見られてしまう。

『な……なに、私、変……?』

思わず両手で胸を隠そうとしたら、その手を掴まれ阻止された。

『隠すなよ。綺麗だから』

綺麗って言われたらなにも言えない。

瑛に見られている間、無言でいたら、彼がおもむろに伸ばした手で乳房を包み込んだ。触れられた瞬間、ビクッと体が震えた。

『ん……っ』

乳房を包み込んだ手が、ゆっくり動き出す。彼の手の中でぐにゃりと形を変えていく乳房を、どこか冷静に見つめていた。

乳房って揉まれるとこんな感じになるんだなとか、胸を揉まれてもそんなに感じないな、とか。

でも、彼の指が先端に触れると、電流のような鋭い快感が全身に走り、自然と声が出た。

『あっ！』

同時に眉根を寄せていたら、その顔をバッチリ彼に見られていた。

『初はここが感じるのか』

『え、あ、や……あんっ！』

瑛が乳房の先端を二本の指でぎゅっと摘まんだ。途端に背中が反り返るほどの刺激に襲われた。

――やだ、気持ちいい……

はあはあと肩で息をしている間も、瑛の愛撫《あいぶ》は止まない。乳首に集中して指で弄《いじ》られたあと、今度は彼が胸に顔を近づけ、直に乳首を口に含み、舌で舐《な》め転がした。

『きゃあっ!!　やだ、だめ！』

『だめって、なんで』

今にも乳首を口に咥えようとしているのに、そこで訊かないで欲しい。

『だって……き、気持ちよくておかしくなっちゃう……』

正直に言ったら、なぜか瑛が目の辺りを手で覆った。

『あのな、初。セックスってそういうもんだろ。愛撫して、相手を気持ちよくさせる。お前が気持ちよくなれるなら、俺はなんだってやる』

『なんだって、って……なにを……？』

『文字通り、なんでも』

そしてまた愛撫を再開する。片方の乳房の先端を口に含み、舌で嬲《なぶ》り。もう片方の乳房の先端は指で弄り、指の腹を使ってぐりぐりと潰すように愛撫を繰り返す。

『や……、やだ、だめ……！　それ以上やったらおかしくなるからっ……』

ふるふると首を横に振り、止めてくれと懇願する。でも、瑛は止めてくれない。

『初がどんなふうにおかしくなるのか見てみたい。……それとも、イくにはこっちへの愛撫が必要？』

そう言って、瑛の手が股間に伸びた。ショーツのクロッチ部分をつー、と指でなぞられると、『ひあっ!!』と勝手に声が出た。

『濡《ぬ》れてる。これ脱がすな』

『あ……』

あっさりとショーツを脱がされ、私だけが一糸まとわぬ姿になってしまった。

——瑛はまだジャケット以外全部着てるのに……なんか、ずるい……

『んあっ！』

何も身に付けていない股間に瑛の指が触れた。それに驚いてビクッと体を揺らしている最中も、彼が秘裂に沿って数回指を前後させた。蜜を纏《まと》わせた指が、私の蜜壺に吸い込まれるように差し込まれた。

『んっ……!!』

私の股間で一体何が行われているのか、恥ずかしくて直視できない。それ以前に、ずっと昔から好きだった瑛に、自分でもあまり見ることのない場所を見られている恥ずかしさは過去イチレベル。

しかも今そこを触れられて、あろうことか体の中に彼の指が入っちゃってるこの状況って一体。

——今なら恥ずかしさで死ねる……初めてのセックスのときって、皆こういうこと考えるのかな……？　私だけだったりして……

自分のことだけど、なんだか他人事のようだった。でもこれってきっと、恥ずかしすぎて現実逃避してるだけだと思う。

瑛は、指で蜜壺を愛撫しつつ、胸への愛撫も続けていた。彼に嬲られすぎて乳首はすっかり硬く勃ち上がり、唾液のせいでぬらぬらと光って見える。

エロい。この一言に尽きる。

『あ……っ、ン……瑛っ……』

『この状況で名前呼ばれるの、結構やばいな』

舌を出して、チロチロと胸先を舐めながら瑛が笑う。

やばいってどういう意味？

頭の中がそればかりになっていると、乳房を強めに揉んだあと彼が上体を起こす。そして体を後方にずらすと、私の太股《ふともも》を掴んで膝を立たせた。自分は、その間に体を割り込ませる。

『初のここ、綺麗な色してる』

まじまじと股間を見つめられ、恥ずかしすぎて消えたくなる。

『いっ……いや……っ!!』

太股に力を入れて足を閉じようとした。でも、それを瑛は許してくれない。膝を掴まれて動かないように固定されてしまう。

『そんなに恥ずかしがらなくても。それに、見ないと挿れられない』

『……っ、もう、やだあ……』

『やだって。じゃあ、止めるか。今ならまだ止められるけど。どうする？』

——そんなの訊かなくていいのに。

やだと言いつつも、瑛とセックスしたいという意思は変わっていない。

私は先に首を横に振った。

『やだ。……したい……』

それを見て、瑛の頬が緩んだ。

『じゃあ、頑張って』

言いながら彼が股間に顔を寄せた。こっちがえっ？　と戸惑っているうちに、瑛の舌が蜜壺に差し込まれ、溢れる蜜をぴちゃぴちゃ音をたてながら舐めとり始めた。

『えっ、えっ……、瑛、なにしてるの、やめて……』

『止めない』

短くこう言ったきり、瑛はなにも言葉を発しない。それどころか舌の動きはますます激しくなり、蜜を一滴たりとも逃さないとばかりに執拗《しつよう》に、そこに舌を這《は》わせていく。

『あっ!!　……んっ、ン……っ!!　ふあっ……』

止まない快感に、じっとしていることができない。体を左右に揺らしたり、敷布団をバンバン叩いてみたりとじたばたするけれど、瑛は愛撫を止めなかった。

そして彼の舌は蜜壺から移動し、襞《ひだ》の中にある敏感な突起を嬲《なぶ》り始めた。そこにツン、と舌先が触れただけで、甘い電流が全身を駆け巡った。

『あっ！　あっ、だめっ、そこ……っ!!　きゃああっ！』

これまでとは比べものにならないほどの快感。そこを触れられると子宮がきゅうっとなって、彼が舐めとったばかりの蜜がまた溢《あふ》れ出《だ》してしまう。

『すご……また溢れてきた』

瑛は股間から顔を離さず未だに蜜壺の中に指を入れたまま、前後に動かしたり膣《ちつ》壁を擦ったりを繰り返していた。その瑛が、一旦指を引き抜き、指にまとわりついた蜜を眺めている。

『ほら、すごい。こんなに』

『やだ、やめて』

『なんで。これって気持ちいいってことだし。俺は嬉《うれ》しいけど』

初がこんなに俺の愛撫でよがってくれるなんて、と。

瑛が付け足した一言に、え？　と我に返る。

――それって……解釈の仕方によっては、瑛も私の事を好意的に見てくれてるってことになるの……？

でも、やっぱりわからない。男の人は相手が好きな女性じゃなくてもセックスできるってよく聞くし。今のは私が瑛のことを好きだから、勝手に脳がそういう解釈をしちゃったってことかな。

何気ない一言を自分に都合良く解釈してもいいことなんかない。それはそうと、今現在も瑛の舌が私の敏感なところを嬲っている真っ最中で、思考は徐々にそちらへ奪われていった。

『ンッ……あ、あ、ン……!!』

指でわざわざ襞を広げ、ざらついた舌が何度も同じ箇所を往復する。

嬲られるたびに腰の辺りをぞわぞわとした行き場のない感覚が広がっていく。これをどうすればいいのかが初めての私には皆目見当もつかない。

『やあっ……て、るうっ……!!』

股間にある瑛の頭を両手で押さえながら、声を絞りだす。

気持ちよすぎるから、やめて。という意味だったのに、目線だけこっちに寄越《よこ》しただけで行為を止めない瑛には、届かなかったようだ。

『……かわいいな。もっと聞かせて』

『なにいって……そうじゃなくてえっ……あんっ！　だめ、そこばっかりっ……』

『初、かわいい』

普段ならかわいいと言われたらもっと喜べた。でも、かわいいと言ったあとにずっと舐めていたそこを強く吸い上げられると、こっちは反応なんかできない。

『ああ!!　だめっ、あ……!!』

一際強い刺激に体の奥から何かが溢れ出す。そして、まだ続く愛撫のせいでそれが高まり、一気にパチンと弾けた。体がビクン！　と揺れて、今の今まで腰の辺りにたまっていたものが嘘みたいになくなり、頭が冷静になった。

『あっ……はあっ……』

いまいちさっきの現象がなんなのかよくわかっていない私は、天井を見つめポカンとする。

『イッたんだ？　初めてでイくってすごいな』

やっと愛撫を止め、瑛が体を起こした。私から引き抜いた指をペロリと舐める仕草に、羞恥心はマックスに達した。

瑛を直視できなくて、目を逸らす。

『だいぶ慣らしたから多少マシだと思うけど』

カチャカチャとベルトのバックルの音が聞こえる。ハッとしてそちらに視線を戻すと、瑛がいつの間にかシャツを脱ぎ捨て半裸になっていた。そして、まだ身に付けていたスラックスの前を寛《くつろ》げ、昂《たかぶ》って下腹まで反り返ったものに避妊具を付けているところだった。見ちゃいけない気がして、また目を逸らそうとした。でも、股間に宛《あて》がわれた瑛のものからなぜか目が離せなかった。

見るからに太くて、固そう。これが今から自分の中に押し入るのだと思うと、胸がドキドキした。

『痛いだろうけど、早めに終わらせるから。ごめんな』

瑛の言葉で我に返った。

そうだ、初めてのセックスというものは痛いらしい。既に経験済みの友人達から嫌というほど初めてのセックスエピソードを聞かされていたので、そういった知識だけはしっかりある。

『は……早めにって……』

瑛が私の両手に自分の指を絡ませてくる。

『初が痛がってる姿は見たくないから』

喋りつつ、瑛がゆっくりと昂《たか》ぶりを私の中に沈める。さっきまで溢れるほどあった蜜のお陰か、最初は順調にスルッと中に吸い込まれていく。それを見て、少しだけ安心した。

『……まだ痛くない……けど……』

『いや、多分この先が痛い……と思う』

瑛の顔には全く余裕がない。眉根を寄せ、少々苦しそうな顔をしているのを見てこっちが不安になる。

『え………あっ!!』

瑛の表情に気を取られていたら、下腹部に痛みを感じた。生理痛とはまた違う鋭い痛みが。

『〜〜〜〜っ!』

友人達がこぞって痛いと言っていた通りだった。本当は、痛くても痛いとは言わないつもりでいた。そのせいで瑛がやっぱり止める、と言いかねないから。

歯を食いしばって痛みに耐える。なんとか顔に出ないようにするけれど、多分瑛にはバレていたと思う。

なんせ、握っている手に思いっきり力が入っていたから。

『痛いよな、ごめん』

片手を解き、瑛が私の頬を撫《な》でる。それに対して無言で首を振った。

『だから、早く終わらせる。一瞬だけ我慢して』

『い、いっしゅん……?』

聞き返した事に対しての返事はなかった。代わりに、瑛が私の腰を掴んで、グッと一気に屹立《きつりつ》を押し込んだ。

『あっ——!!』

声を発したのは一瞬だけで、そのあとは声にならなかった。息を吸い込んだまま固まっている間に、お腹《なか》の奥の方で彼を感じた。

『……っ、はいった……から……』

『ぜ……全部……?』

『全部』

上体を起こしていた瑛が、体を密着させ私を抱きしめてくる。

『初』

腰と後頭部に手を回され、なんだか本当に好きな人に、愛《いと》しい人にするみたいな抱きしめ方をされる。

——なんだろうこれ。夢かな……

瑛と繋がって一つになれたこと、強く抱きしめられている今があまりにも幸せで、本当に夢の中にいるみたいな感覚に陥りそうになった。

『瑛……』

見つめ合ったら、瑛の唇が私のそれに触れる。角度を変えて深く口づけては、また角度を変え、舌を絡め合いながらのキスが何度も繰り返される。

まだ繋がっているところは痛い。でも、それより今は、瑛とこうしているのが幸せ過ぎた。

こんなに幸せなら痛みなんか平気。むしろ、痛みすら幸せだった。

『――初、好きだ』

突き上げられているときに、瑛がこんなことを言ったように聞こえた。

でもそれは私が彼のことを好きなあまり脳が勝手に捏造《ねつぞう》した幻聴だったのかもしれない。というのも、痛さと幸せの最高潮だった私は、このときのことをあまりよく覚えていないからだ。


『……い、初。起きろ』

瑛に頬をピタピタと手で軽く触れられ、目が覚めた。

どうやら事後、気を失っていたらしい。

下腹部に残る鈍い痛みが、瑛との情事は夢ではなかったと訴えていた。でも、今はそれはさておき。

『え。今、何時……？』

『まだ十時前。でも、そろそろ帰らないと』

時間を告げられ、慌てて飛び起きた。一糸まとわぬ姿だということに気がつき、慌てて側にあった布団を掴み、自分に引き寄せた。

そんな私のリアクションを一部始終見ていた瑛が、くっ、と肩を揺らす。

『隠すのか。今更なのに』

『そ、それでも……』

よく見たら瑛はもう着替えていて、ここへ来た時と同じ格好になっていた。私も急いで服を着て、バスルームに駆け込んで髪を整えた。

『私、変なところとかないよね？』

バスルームから戻り、瑛の前でくるっと一回りする。

わりと真剣に訊《たず》ねたのに、なぜか瑛が笑う。

『ないよ。かわいい』

『そっ……そういうことを聞いてるんじゃないっ』

突っ込んだのは、照れ隠しだ。

なんだかさっきのセックスをきっかけに、瑛が別人みたいに甘くなっているような気がした。

それは体の関係を持ったからなのか。それとも、元々私に好意を抱いてくれていたからなのかは、私にはわからない。

でもずっと好きだった人に優しくされるのは嬉しいし、幸せだった。

だからきっと、この先も瑛とこうして仲良くしていられるのだと思い込んでいた。

でもそれは間違っていた。


翌日はハードだった。

朝早く起きて荼毘《だび》に付される祖父を見送ったあと、移動して葬儀・告別式。

ずっと地元に住んでいた祖父は顔も広く、弔問客も多かった。

――それだけ、地元の人に愛されてたってことね……おじいちゃん。

なんだか改めて祖父の偉大さを思い知った。こんなことなら、夏休みにバイトばかりせず、実家に帰って祖父の顔を見に行けばよかったと、波紋のようにジワジワと後悔が広がっていく。

お葬式のあとに親族や親しい人を招いて行う食事会、いわゆる精進落としや御斎《おとき》と呼ばれるものだが、そこに瑛の姿もあった。

祖父と交流のあった瑛の父親と一緒に並んでいると、その麗しさが特別目を引くようだ。

近所のおば様達が噂《うわさ》していた。

『七井さんとこの瑛君？　いい男だねえ～、うちの孫娘の婿にどうかな』

『いやいや、あんだけいい男なんだからもう彼女くらいいるでしょ』

どっちの言い分も私には適度にぶっ刺さる内容だった。

――ま、まあね……確かに瑛、格好いいし……おば様達の注目を浴びちゃうのは仕方ないかもね……

孫ということで、案の定ここでも私は弔問客の皆さんにお酌をしなくてはいけないという、田舎の謎ルール。かといって長老達の目が光っている中、逆らうこともできず、淡々とお酌し続ける。

でも、この機会に普段話さないような人達と交流するのは発見もある。祖父の同級生だという人から祖父の子どもの頃の話を聞いたり、祖母のお友達という人から祖父と祖母のなれ初めを小耳にしたり。

これはこれで、結構楽しかった。

ビール瓶とウーロン茶の瓶を持って一人一人と挨拶を続けていると、ついに瑛と彼のお父さんがいるテーブルにやってきた。

私が『今日はありがとうございました』と声をかけると、真っ先に瑛がこちらを見て、微笑んでくれた。

『初、忙しそうだな。食事は済んだの？』

『あ、えーっと、まだ。でも、このテーブルで最後だから』

瑛はビールではなく、ウーロン茶。多分、隣にいる父親がビールを飲んでいるので、彼が車を運転するのだろう。

瑛のコップにウーロン茶を注いですぐ隣にいる彼の父にビールを注ぐ。

『初ちゃん、ちょっと見ない間に綺麗になったねー。もう二十歳だっけ』

瑛のお父さんはこの辺りでは大きな建設会社を経営している。経営手腕に優れているとかなんとか、祖父が生前よく話してくれた。そして、囲碁の腕前もなかなかだと。

よーく見ると瑛と顔立ちも似ているので、この人と話す時はいつも緊張する。

『はい。大学生してます』

『そっかー、卒業したらこっちに戻ってくるの？』

この質問に、発言者ではない瑛が反応した。こっちを見て、私の返事を待っている。

『え？　ど、どうなりますかね……こっちで就職できれば戻って来ますけど……』

『じゃ、うちに来るか。よかったら来年エントリーしてよ』

まさかのスカウト。でもこれが本気なのかどうかは微妙だ。なぜならこの人、酔っ払ってるから。

わかりましたとも言えず困惑していると、瑛が割って入った。

『いやいや、初、いい大学行ってるのにうちに就職じゃ勿体《もったい》ないよ。初、気にしなくていいから』

助け船を出してくれた瑛にキュンとくる。隣で『そうか、それもそうだな』と笑っているおじさんの言葉が左から右に流れていく程度には、瑛のことで頭がいっぱいになる。

じゃあ、私はこれで。と一礼して二人の席から離れた。彼らの隣にいる見知った顔のおば様達にお酌をしていると、瑛のテーブルに私の母がやってきた。

『瑛君、今日はありがとね。お父さんの運転手買って出てくれたんだって？　悪いわねえ……』

母が申し訳なさそうに瑛のグラスにウーロン茶を注いだ。

『いえ、大丈夫です。一雄《かずお》じいさんには俺も世話になりましたから』

そう言いながらくいっとウーロン茶を飲む瑛の肩に、母がポンと手を乗せた。

『そうだ、竜也から聞いてるわよー。瑛君モテるんですって？』

母がとんでもないことを言い出した。驚きすぎて、瓶を持つ手がビクッと震えてしまった。

『あら、初ちゃん大丈夫？』

『あ、すみません……大丈夫です！　で、おじいちゃんと旅行に行った時の話ですよね？』

慌てて瓶を持ち直して、近所のおば様との会話に戻る。でも、耳は母と瑛の会話が気になってそっちに意識がいってしまう。

『そんなことないですよ』

瑛が謙遜するが、母は『またまた～』と笑う。

『どう、いい人いるの？』

負けじとぐいぐい切り込む母に、こっちがハラハラする。そんな母に、瑛が放った次の一言に、私は目の前が真っ暗になった。


『ずっとお付き合いしてる人がいるんで。その人一筋ですから』


――え。

目の前に居るおば様と話している途中なのに、顔が無になりかけた。

――お付き合いしている人が、いる……？

心臓がドクドクしてきて、胃の辺りがぎゅっと掴まれたように苦しくなる。

やばい、手が震えてきた。

愕然としつつ、笑顔を保つのがこんなに難しいことだなんて、初めて知った。

――え……どういうこと？　瑛、彼女いたの……？

そんなことひとことも言ってなかったのに。じゃあなんで私を抱いたの？

頭の中をこのフレーズがぐるぐるしてる。

『でね、一雄さんたらおかしいのよ！　あのときね……』

おば様の話は聞いている。いるけれど、なんにも入ってこない。気を抜いたら涙が出そうで、なんとかお腹に力を入れて堪えている。

『そうなんだ、おじいちゃんたら』

当たり障りのない返しでなんとか誤魔化す。でも、さっきの瑛の発言が衝撃的すぎて、全てを投げ出して今すぐ家に帰りたくなってきた。

瑛に彼女がいた。でも、だったらなんで昨夜、私の願いを聞き入れてくれたのだろう。

ただ単に断れなかったから？　それとも、流れに乗っかってセックスしたかったから？

つまり、欲望のはけ口にしただけ？

考え出したら悪いことばかりが止まらなくなってきた。

――ひどい……

瑛のことは好きだ。でも、恋人がいるのに私に手を出した時点でアウトだ。

このことを考えている間、どうやって空になったビール瓶をケースに戻したのかを全く覚えていないし、思い出せない。その間の記憶がまるっと抜けてしまっているのだ。

それほどに、私にとってはショックな出来事だった。

――昨夜、瑛に抱かれて幸せだったのに。なんでこんな……

天国から地獄に落とされたような気分になって、まともに思考が働かなかった。

彼の姿を見るのが辛い。視界に入れたくない。

自分の席に戻った私は、まだ手つかずだった料理を半分だけ食べて、具合が悪いからと会場を出て、一人で帰宅した。

もちろん、瑛が私の事を気にして追いかけてくることも、連絡をくれることもない。それ以前に、私は瑛の携帯電話の番号を着信拒否にしていたから。

そして翌日、予定を前倒しして実家を出て、自分のアパートに帰ってきた。

瑛とはそれ以来会っていなかった。

*

――本当に、あれ、めちゃくちゃショックだったんだから……

兄の結婚式の翌日。

さっさと午前の早い時間に新幹線に乗り、地元を離れた。

あとは帰るだけだし、もう何を飲んでもいいだろうと昼間っからビールを飲む。一仕事終えたあとのビールは格別に美味《うま》い。

結局瑛に連絡先は教えなかった。でも、正直、本人に会うと気持ちはぐらついた。そりゃ、ずっと好きだった人だし、あんなに格好よくなってたら気持ちが揺れるのは仕方ないと思う。

でも、だからこそ会ってはいけない。というのも、瑛とああいうことになって以来、私はまともに恋愛ができていないからだ。

ありがたいことに、あのあと告白されてお付き合いした男性は何人かいる。皆いい人だったし、優しかった。この人となら恋愛ができそうな気がして、付き合い始めた時は嬉しかったし、相手のこともちゃんと好きだった。

だけど、どの人とも仲が深まっていざそういうことを……となると、どうしても瑛の姿がちらついてしまい、集中できないまま終わってしまった。

瑛の息づかいや、愛撫、キス。そして、セックス。比べてはいけないと分かっているのに、どうしてもその状況になると頭に瑛が浮かび上がる。

こんな私が普通に瑛以外の男と恋愛ができると思いますか。はい、もちろんできませんでした。

なんだかんだで私の恋愛はあそこで止まっているんだと思う。かといって、あのとき他に女がいるくせに私を抱いた瑛のことは許せないし、許すつもりもない。

それなのに今回、あんなことをしてくるなんて。瑛は正気なのだろうか。

——それとも、あの後私が全然地元に帰らないし、瑛のメッセージを無視しまくってるから、怒っていたのかも……？

メッセージというのは瑛本人から私に直接来たものではなく、兄を経由したものだ。

瑛が会いたがってるぞ、瑛に連絡先を教えてやれよ、もっとこっちに帰ってこい。そんで、瑛に会いに行ってやれ……など。実はこれらを八年間、全部無視している。

そんなこと言ったって、会ったところでどうしたらいいのだ。なんであのとき私を抱いたのか、彼女がいると知っていたらあんな無茶《むちゃ》なお願いしなかったのに、と言ってやればいいのか。

——いや、違うな……会ってまたあの頃の気持ちが蘇《よみがえ》るのが怖いんだ、私……

瑛は私にとって沼だ。

彼のことを知れば知るほど好きになるし、彼のことばかり考えてしまう。

今、またあのときのように彼にハマったら、きっと今度こそ抜け出せない。それをわかっているからこそ、瑛に会いたくないのだ。

——つって、会っちゃったけどね……

正直言って、困ってる。

大人の魅力が溢れた瑛の姿を見た時、息が止まりそうになった。キスをされて、唇の感触があのときと同じだと気付かされて、途端に八年前を思い出したり。

結局、私は瑛のことを全く忘れられていなかった。そのことにがっくりきていた。

——八年もかけたのに……全然だめじゃん……

ビールを呷《あお》りながら、不甲斐《ふがい》ない自分を嘆いた。

八年経ってもだめなら一体何年かければいいのか。瑛を忘れるには何年必要なのだろう。

何度も自問自答してみるけど、結局答えは見つからないまま、新幹線は終着駅に到着しようとしていた。

三、八年後、現在

兄の結婚式を終えアパートに帰宅し、これまで通りの日常が戻ってきた。

——はあ〜〜〜疲れた……

実家に滞在したのは二泊三日。それなのに、なんだか長い間実家に滞在していたのかと思えるくらい、疲れた。

というのも、私の実家の場所は瑛《てる》に知られているので、私が滞在中、また瑛が私になにか物申しに来る可能性がなきにしもあらず。もし実家に突撃されたら逃げ場もないし、どうやって瑛から逃げようか……と、こんなことばかり考えながらずっとビクビク過ごしていた。

結果的に瑛はこなかったし、連絡先も教えてないから電話もない。それに安心はしたけど、警戒しすぎて必要以上に疲れてしまった。

「大牟田さーん、おはようございまーす」

職場のあるビルのエントランスを通り抜けたあたりで、後ろから声をかけられた。この底抜けに明るい声だけで分かる。後輩の清水さんだ。

「清水さんおはよう。あ、これお土産。おやつ置き場に置いてもらっていいかな？」

地元で人気のある和菓子店で購入したお菓子を彼女に渡した。

うちの部署では、このように土産をもらうとおやつ置き場と言われている場所に土産をそのまま置いておく。ここに置かれたものは自由に食べていいというルールになっているので、小腹が減った社員達がおやつ置き場を訪れ、勝手に持っていく……という、実に便利なシステムになっている。

「わー、ご馳走《ちそう》様でーす！　お兄さんの結婚式どうでした～？　あと久しぶりのご実家も！」

笑顔で私の返事を待っている彼女に、疲れた顔は見せられない。ここからは営業スマイルだ。

「うん、よかったよ。両親も嬉しそうだったし、兄も親孝行できて喜んでた。なんていうの、ああいう場ってその場にいるだけでこっちまで嬉しくなるよね」

瑛のことさえなければ本当にもっと幸せだったけど。

清水さんが笑顔でうんうん頷いている。

「ですよねえ～いいですねえ。私も好きですよー結婚式。結婚式って周りも幸せな気分にしてくれるじゃないですか。ただ、あんまりたくさんあるとご祝儀で財布が痛いけど」

「確かに」

深々と頷きながら、自分のデスクに腰を下ろす。

私が勤めるのは元々大工をしていた会長が設立した建築会社だ。以前は注文住宅の設計と建築を生業としていたのだが、やり手の現社長が手を広げた結果、この辺りでは中堅のゼネコンとしてそここの知名度を誇っている。

私はそこの支店に新卒で入社し、早六年。現在は営業補佐をしている。

意図せず瑛と同じ業界に就職してしまい、少々気まずいというか、優秀な建築士と聞くと一瞬瑛を思い出して複雑な気分になることが多かった。最近ではもう慣れたけど。

お給料はまあ、普通。一人暮らしがキツくない程度にはもらえていると思う。それよりもここは人間関係が穏やかで居心地が良い。多分奇跡的に気の合う人達で集められたからだと思うのだが、トラブルもなく円滑なので、今のところここを辞める気はさらさらない。

――それもあって実家に帰りたくないのよね……また人間関係をイチから構築するのはとても面倒すぎて……

自分のデスクに着き、モニターのスイッチを入れた。早退した金曜の午後に貼られた用件が書かれた付箋をチェックする。

これまで通りの日常が戻ってきた。こうしていると、土曜の出来事が全て夢だったような気になる。

――いや、兄の結婚を夢にしちゃ可哀想だな……

問題はとにかく瑛だ。

彼はなぜ私にあんなことをしてきたのか。連絡を取りたがったのも、どういう意図からだろう？

考えれば考えるほど分からないことばかり。こんなことなら、連絡先を聞いてきた真相だけは瑛本人に確認した方がよかったのかもしれない。

……いやでも、やっぱりだめだ。賢い瑛のことだ、過去のこともなにかしら理由をつけて正当化する可能性がある。そしてきっと、私はそれに対してなにも反論できずに終わる。

瑛は賢い。彼は絶対に私を納得させるだけの理由を用意してくるはずだ。でも、それ以外にも反論できない理由はある。

――彼女がいるのに私を抱いたことは今も許していない。でも……でも、それでもやっぱり瑛は私にとって初恋の人で、ずっと好きだった人だから。

面と向かってなにか言われると、今でもどうしたって弱い。突っぱねられる自信がない。

まさに惚《ほ》れた弱みだな、と内心苦笑してしまう。

でも、瑛に連絡先を教えることなくこっちに戻ってきたし、これで私が実家に帰りさえしなければ、彼に会うことはない。ずっと。

気を取り直して、チェックを終えた付箋をゴミ箱に捨てた。

過去の恋心もこんな感じでゴミ箱に捨てられたらどれだけ楽だろう。などと考えながら、頭を仕事モードに切り替えた。

兄の結婚式から二週間が経過した週末。

結婚披露宴を終えて新婚旅行に行っていた兄が帰ってきたと、私に電話をくれた。

『いやー、定番だけどハワイよかったぞー。お前も一緒に行けばよかったのに』

声だけでわかる兄の上機嫌ぶりに、なんだか笑ってしまう。

——新婚ハイになってるなあ……まあ、いいことだ。

実は事前に、両親や私も一緒にハワイに行かないかと兄から誘われていた。

ハワイにはまだ行ったことがなかったし、興味はあった。でも、新婚の二人のお邪魔になるといけないと思い断ったのだが、ちゃっかり両親は同行すると断ったあとに知って、軽くショックを受けた。

両親も行くなら私も……とちらり思ったけれど、やっぱり現実的に無理で諦めた。

「そんなこと言ったって、会社一週間も休めないよ。有給が終わっちゃう」

『有給なんか一年経てばまたもらえるだろ。バカだなー、俺が交通費出すなんてこと今後の人生で絶対ないから。この機会に甘えておけばよかったのに。残念だったな、初《うい》』

「ぐぬぬ……い、いいもん、お金貯《た》めて自分で行くし……！」

『あ、んでさ。お土産。初の分も買ってきたよ』

「え。そうなの？　ありがとう～！　離れてるのに気を遣ってもらっちゃって、なんだか申し訳ないなあ。でも嬉しい～」

まさか実家にいない私の分まで、お土産を買ってきてくれるとは思わなかった。

いい兄だ……と、しみじみしていたら、話には続きがあった。

『でな、宅配で送ろうかとも思ったんだけど、ちょうどタイミングよくそっちに行くっていう知り合いがいたんでな、お前に届けてくれるよう頼んでおいた』

ん？　と小さく首を傾げた。

「……こっちに来る人？　……お母さんのこと？」

母には昔から推しの舞台俳優さんがいて、その人が出演する舞台を見る為に上京することがある。そういう場合は母から連絡がくるので、都合が合えば一緒に食事に行くことも数回あった。

だから母が来るのだと勝手に解釈していたのだが、母の名を出しても兄は肯定しない。

『んー、どうかなー。まあ、会ってみてのお楽しみだ』

含みのある言い方に、なんだかモヤモヤする。

「ええ……気になるんだけど……一体誰なのよ？　それにいつ来るかわかんないと、安心して留守にもできないよ」

『多分、今日か明日には行くと思う。出かけるなら出かけていいよ、そいつフットワーク軽いから、お前がいなきゃ出直すだろ』

——そいつ……？　ってことは、頼んだ相手はお兄ちゃんの友達……？

それにしてもいなきゃ出直すだろうだなんて。ちょっと相手に失礼ではないだろうか。

「頼み事したのはお兄ちゃんなのに、なにそれ……その人が可哀想だよ」

ぼそっと文句を言ったら、スマホの向こうからふっ、と兄が笑った気配がした。

『可哀想だと思うならお前が優しくしてやれ。じゃあな、またなんかあればいつでも電話しろよ。

新婚だからって要らん気は遣わなくていいから』

「あ、うん……電話ありがとね、お土産も」

『おう』

通話を終えてふうっと一息つく。

しかし、優しくしてやれだなんて。なんなんだあの含みのある言い方は。

――それにしてもこっちに来るのは一体誰なの？　もったいぶらないでさっさと教えてくれればいいのに……

地元にいる人で私と未だに交流のある人といえば、小学校のときからの友人くらい。でも、別に定期的に連絡は取り合ってるし、もちろん優しくしてるつもりだ。兄にあんなことを言われるようなことはないはず。

モヤモヤしまくったが結局答えは出なかった。でも、誰かがうちに来るのは間違いないので、とりあえずは掃除しておくことにした。

社会人になってから何度か転居して落ち着いた今のアパートは、当時新築物件だった。ワンルームで広さはないけれど、新築だけあってセキュリティもしっかりしてるし、部屋の設備もいい。お風呂は追い炊き機能付きで、キッチンはシステムキッチン。家賃はまあまあだけど、生活を切り詰めればそれほど大きな負担ではない、ギリギリのライン。

少なくとも仕事を終えて帰宅した時や、休日にしっかり自分が休まるかどうかにポイントを置いた時、この部屋ならそれをクリアすることができる。それが選んだポイントだった。

少なくとも実家でいつ瑛に遭遇するかと怯《おび》えて過ごすより、この部屋にいる方がめちゃくちゃ楽。

――しかし、一体誰が来るっていうのよ……

悶々《もんもん》としながら掃除と、ついでに最近忙しさを理由に滞っていた片付けも、一緒にやることにした。

読み終えたまま積み上がっている雑誌を紐《ひも》で括り、一階エントランスのすぐ横にあるゴミ置き場まで持っていく。ついでに段ボールもまとめて片付けたし、これだけでもだいぶ部屋の中がスッキリした。

あとは普段やらないような水回りの掃除や、キッチンの換気扇掃除にも着手した。

――私なんでこんなに一生懸命掃除してんだろう……年末みたいだな。

まあでもこれだけやっておけば実際に年末掃除する時、さほど苦労しなくてすみそう。

無心で掃除をすることほぼ半日。部屋の中は、これまで見たことがないほどピカピカになっていた。

「よし、満足」

一仕事終えて、冷えたビールで喉を潤す。労働したあとのビールってなんでこんなに美味《おい》しいのだろう。

たまらん、ともう一口飲んだところでインターホンが鳴った。まさか例の人が来たのでは、と慌ててモニターを見る。

「……ん？」

モニターに映っているのは、若い男性。顔の位置に免税店の紙袋を掲げているので、顔が半分しか見えない。

……なんだか、頭の形が瑛に似ているような気がする。

――いやいや、まさか。そんなことあるわけない。

でも、嫌な予感がする。

「は、はい」

『荷物をお届けにあがりました』

声も瑛に似てる。

――ちょっと……待って……まさか兄が荷物を持ってくよう頼んだのって、瑛、なの……？

でも瑛が荷物をお届けに上がりました、なんて言う？

これってもしかして、私がここんとこ瑛のことばっかり考えてるから、そのせいで脳がバグって男性が皆、瑛に見えちゃってるとか……？

ぐるぐる考えた結果、もういいやと半ば投げやりになった。万が一瑛だとしても、とにかく部屋に上げなければいいのだ。だったら。

「あの、玄関ドアの前に置き配でお願いできます？」

『え』

相手がまさかそう来るかと言わんばかりに、短く声を上げた。

「じゃ、お願いします」

相手の返事を待たずに、エントランスのセキュリティを解除した。ここはアパートだけど、一応オートロックがあるのだ。それが入居の決め手になった。

――今の時代は置き配という手があった。助かった……

安心してまたビールを飲んでいたら、今度は部屋のドアのチャイムが鳴らされてビクッとした。

「ええ？　置き配でお願いしたのに……」

なんで？　と困惑しつつ玄関に行き、薄くドアを開けた。

「はい……あの、置き配で……」

「わざわざお前の兄からの頼まれ物を持ってきてやったのに、置き配指定とかひどくないか」

どう考えても聞き覚えのある声は、間違いない。瑛だ。

その事実に、顔から血の気が引いていく。

――う……うそ……瑛がここに来てる……目の前にいる……

なんでこんなことになっているの？

なんで？　が頭の中をぐるぐるしている。ほとんど呆然としながらドアを押し開くと、少々憮然《ぶぜん》とした瑛が立っていた。

白い襟付きシャツに濃紺のジャケット。ネクタイはしていないが、仕事帰りとも見て取れる格好だ。

――やっぱり瑛だ……

本人を前にしても、なかなかこの状況を受け入れられない。何を話したらいいのかも浮かんでこない。

「あ、あの……」

戸惑っていると、瑛が口元に手を当て私から目を逸らした。

「ん？　なに？」

「いや。初めて見る格好だったから。初、そういう格好するんだ」

「そういう格好……？　……あ」

言われて自分の姿を見下ろした瞬間、瑛がなぜこういうリアクションをしているのか理解した。

まず、ノーメイク。髪を襟足で一つ結びにして露出している首にはタオル。極めつけは友人からもらったアニメキャラがお腹の辺りにばーん、とプリントされたトレーナー。

せっかくもらったんだし、着ないのも悪いのですっかり部屋着として定着していたのが、ある意味仇《あだ》になってしまった。

――なんかもう、消えたい。

項垂れていると、不意に頭の上に手が乗せられた。

「落ち込まなくていいのに。素の初を見るのは久しぶりで新鮮だった。面白くて笑ったんじゃなくて、嬉しくて顔が緩んだだけだ」

「絶対嘘……!!　この格好でそんなこと思うわけないでしょ！　いいよ無理矢理《むりやり》慰めなくたって

……」

話していると、奥の部屋の人がこちらに向かって歩いてくる足音が聞こえてきた。

やばいと思い、咄嗟に瑛の腕を掴み部屋の中に引き入れた。

「とりあえず……入って」

部屋の中に瑛を入れたくなかったけれど、この状況では致し方ない。ここで話していたら何を話しているのかも筒抜けだし、ご近所さんに私のプライベートをあれこれ詮索されるのも本意じゃない。

私があっさり部屋の中に入れてくれるとは思わなかったようで、瑛が目をパチパチさせた。

「いいの？」

「まあ……でも何もないよ。部屋狭いし」

「そういうのは全く気にしないけど。……初がいいなら、お言葉に甘えてお邪魔します」

瑛を部屋の中に招き入れ、ドアを閉めた。

白状すると、この部屋に住むようになってから男性が中に入るのは初めてのことだ。

こんなはずじゃなかったのにな、と心の中で愚痴りつつ、部屋のどこに瑛を座らせるか頭を働かせた。

「えーと、じゃあベッドに座って……」

「俺は床でいいよ。それよりもこれ。竜也からの預かり物」

「あ、ありがと……」

袋の中を覗くと、ハワイ土産と言えばで有名なチョコレート。それと、多分免税店で買ったであろう、ハイブランドのリップが入っていた。

——あら。お兄ちゃんにしては気が利いてるじゃない。チョコも嬉しいけど、リップめっちゃ嬉しいな。こんな高いもの自分じゃなかなか買わないし……

袋の中を見てにんまりしていたのを瑛に見られていたらしく、彼がふっ、と笑う。

「嬉しいんだ？　チョコ？　リップ？　どっちも欲しいならいくらでも買ってやるよ」

「はっ？　い、いやいや、いいです!!　本当にいいですから!!」

袋を床に置き、とりあえずなにか飲み物をとキッチンに向かった。

「何飲む？　緑茶とコーヒーと、あとはビール……」

「お前は昼間っからビールか。やるな」

ん？　と思って顔を上げると、瑛の視線がキッチンの作業台に置いた缶ビールに注がれている。

「別にいつも飲んでる訳じゃないよ。今片付けしてて、終わったから飲んでたの」

「ふーん」

「瑛もビールがいいの？」

「いや、俺は車に乗るからお茶で」

——あ、そうなんだ。車で来てるんだ………車!?

「えっ⁉　車って、まさか田舎から車で来たの？　これを届けるためだけにわざわざ⁉」

そうだとしたらなんてご足労をかけてしまったのだ……‼　と驚愕《きょうがく》する。

しかし、それに関しては素早く瑛が否定した。

「違う」

「え、じゃあどういうこと？」

戸惑う私を見て、瑛がため息をついた。

「旅行でこっちに来たわけじゃない。そうじゃなくて、初もうちの親が建築会社を経営しているのは知ってるよな？」

「うん？　知ってるけど……」

「ありがたいことに経営も順調で、今度こっちで新たに設計をメインにした事務所を設立することになったんだ」

「へえー。じゃあ、仕事で来たんだ？」

「まあね。で、こっちで始めた事務所の代表を俺がやることになった」

――え？

瑛が言った内容を整理する。

こっちに事務所を作った、その代表が瑛。ってことは……

「え。じゃあ何、瑛、ずっとこっちにいるの⁉」

「そういうこと」

淡々と肯定する瑛を前にして、頭が真っ白になりかけた。

——ええ、どういうこと？　瑛がこっちにいるって……

「い、いやでも、この辺じゃないよね？」

一《いち》縷《る》の望みを託して訊ねてみるが、瑛はそんな私の希望を打ち砕くように首を小さく横に振った。

「いや、すぐ隣町。このアパートまでなら……そうだな、車で十五分くらいかな」

嘘でしょ。

ショックすぎて、瑛の顔を真《ま》っ直《す》ぐ見ることができない。

どうして。なんで近くに……

言葉を失っている私に、瑛が近づく。

「なんだ、ショックなのか？　それとも喜んでるのか？」

ふざける瑛に、ちょっとムッとした。

「喜んでるわけないでしょ。この前いきなりあんなことしてきた人が近くにいるなんて、不安しかないよ」

「そう？　でも、お前にとって俺ってもう一人の兄みたいなもんだろ。何か困ったことがあったらいつでも頼ってくれていいよ。竜也からも初をよろしく頼むって言われてるし」

「兄……？」

話をしつつ、なんとか冷蔵庫からペットボトルの緑茶を取り出し、瑛に向かって軽く放った。

放物線を描いたペットボトルは、吸い込まれるように瑛の手の中に収まった。

「そう、兄。昔はよく頼ってくれただろ、俺のこと」

瑛がペットボトルの蓋を取り、直に口を付けて飲み始めた。飲むたびに上下する喉仏に数秒見とれてしまったが、なんとか我に返った。

「昔は確かに……頼ってたけど。でも、あんなことした以上、もう瑛のことは兄だなんて思えないよ」

「まあ確かに。兄とセックスなんかしないしな」

さらっとあのことを持ち出されて、顔から火が出そうだった。

「ちょ……い、言う!?　ここで!!　めちゃくちゃ気まずくなるの分かってる!?」

「気まずくったって、事実だから。俺は忘れてないよ」

ペットボトルをリビングの小さなテーブルに置くと、瑛がさらに私との間を詰めてくる。

私との距離が五十センチもない。さすがに何をされるのか不安になって後ずさりした。

「ちょ、なに……」

「俺は」

声のボリュームがこれまでよりも大きい。思わず目を見張った。

「初とああなったことは絶対に忘れないし、後悔もしてない。でも、初は違うんだよな」

「え……」

「俺とああなったことを後悔してる。だから実家に帰ってこないし、帰ってきても俺のことを避けてる。違うか？」

瑛の圧がすごすぎて何も言い返せない。いや、全くもってその通りなのだが、それ以前にあなた、あのとき彼女がいるんじゃなかったの？

――そうよ、だから私が後悔してるんじゃないの。自分のことは棚に上げて私の事ばっかり。なんか……むかつく……

「そうです、後悔してます！　だからもういいでしょ？　そのお茶持ってもう帰って！」

瑛の腕を掴んで玄関まで引っ張っていく。……が、非力な私の力ごときでは瑛を動かすことができない。

むー!!　と奥歯を噛《か》みしめていると、彼の腕を掴む私の手に、彼の手が乗せられた。

「まあ待て。今日はただお土産を渡すためだけにわざわざ来たんじゃない。実は、折り入って初に頼みたいことがあるんだ」

「頼みたいこと……？」

瑛を追い出すのは一旦中断し、彼が何を言い出すのかを待つ。

――頼み事って……つい先日八年ぶりに会ったばかりの私に、一体何を頼むというのだろう？

まるで胡散臭《うさんくさ》いものでも見るように目を細めている私に、瑛が笑顔になる。

「初、この前男いないって言ったよな？　だったらしばらくの間、俺の恋人のフリ、してもらえないかな」

俺の恋人……と言いかけたところでどっきん！　と心臓が大きく跳ねた。でも、すぐになんだ、フリか……となり、ドキドキは消えた。

でもおかしいな。瑛、恋人いたはずなのに。もしかして八年前に付き合っていた人とは別れたのかな。

――そこを突っ込みたい所なんだけど、思いっきり個人的なことだしなあ……聞くのは野暮《やぼ》ってもんだよね……

でもいるかいないかだけなら聞いても問題はないか。

「ていうか、瑛。彼女いないの？」

「いない」

「……いつからいないの？」

瑛がクスッとする。

「わりと前から」

さすがに詳細までは教えてくれないか。

はー、とため息をついてからビールを呷った。

「……フリって……なんで私にそんなこと頼むのよ。瑛の職場の人とか、側にいくらでも頼める人いそうだけど。私なんか八年間会ってなかったんだよ？　そんな女に頼むことではないんじゃない？」

　じっと私を見つめていた瑛が、ふと目を伏せた。

「こっちに来たばかりだから、頼めそうな人がいないってのもある」

「それもそうか」

「あと、これは自慢でもなんでもないんだけど」

　瑛の表情が少々暗い。どんな理由があるのかと、少々前のめりになる。

「地元での話になるけど、周りにいる女性がほぼ皆自分に好意を抱いてるとしたら、普通その気がないのに恋人のフリしてくれなんて頼むのは失礼に当たるんじゃないかな」

　――自分の周りにいる女性が、ほぼ皆瑛のこと好きだってこと？

「それ事実なの？　瑛が昔からモテてるのは知ってるけど、いくらなんでも周りが皆、っていうのはないんじゃ……」

　これに対して、瑛がはあとため息をつく。

「そう思うのは無理もない。でも、事実なんだなこれが。好きだと言ってくれるのは嬉しいし、好意を寄せてくれるのもありがたいことだと理解はしている。が、その思いに応えられない以上、やっぱり俺にとっては苦痛というか、正直もう勘弁してほしい。としか言えない」

　――モテる男ゆえの悩みだよね〜〜。それって。

　どこか他人事のように思ってしまう。

実際、瑛が女性にモテるのは今に始まったことじゃない。

そりゃ、すれ違えば誰もが二度見するほどのイケメンだし、学生時代は生徒会長をするほど人望も厚く、所属していたバスケ部では、その活躍ぶりを見たいからと、ただの練習試合に他校生までもが体育館に詰めかけたっていう伝説を作ったくらいだし。

ちなみにこれらの伝説は全部うちの兄から聞いた。

「そんなの、今に始まったことじゃないじゃん……もうここまできたら、思いを寄せてくれる女性の中から一人決めて、今すぐ付き合っちゃえば？」

別に間違ったことを言ったつもりはなかった。とにかく彼女さえできてしまえば、瑛を思う女性達も諦めるだろう。誰しもが思いつくことだ。

でもこれに対し、瑛があからさまに不満をぶつけてくる。

「なんで避けるためとはいえ、好きでもない女性と付き合わなきゃいけないんだよ。それの方がある意味もっと相手に失礼だろうが」

その通りなので何も言えなくなる。

「でも……そんなに瑛好みの人、いないの？　それとも瑛の好みって偏ってるとか？」

冗談ぽく質問したら、瑛が黙り込む。なぜか斜め上の方を見つめたまま数秒無言だった。

「うん、まあ、そうかもしれない」

「え……本当なの？　なんかイメージ変わった……」

「もちろんタダとは言わない。してくれるなら、それなりの報酬は出させてもらうつもり」

「え。報酬って……なに？」

端から断るつもりでいたのに、報酬と聞いて内容を聞かずにいられなかった。

「報酬としてお金を支払うってのも考えたけど、なんだか生々しいし。だったら現物支給がいいかな、と……」

「現物？　なにを……」

「俺と食事。もしくは俺と買い物」

一瞬期待した分、落胆が大きかった。自然とため息が零《こぼ》れていた。

「それなの……？　……じゃあ、結構です」

お帰りください、と玄関を指さす。

でも瑛は引かなかった。

「まあそうがっかりするな。ただ食事と買い物をするわけじゃない。食事はお前の行きたいところでいい。どんな高い店でも、どれだけ行列がすごい店でも付き合う。買い物も、荷物持ちとしてお前の買い物に付き合うよ。これは一度だけじゃない。フリをしてもらっている間は何度でも付き合う」

「え。何度も……？」

食事に付き合ってくれるのはまあ、どうでもいい。ただ、買い物に付き合ってくれるという報酬に関しては、正直気持ちが引っ張られた。

私は車を持っていないので、買い物はいつも徒歩。買い物用カートも使う場合があるけれど、食料品をまとめて買えばすぐいっぱいになってしまう。いくつか店をハシゴしたかったとしても、荷物が重くなったりすると諦めることが多い。

もちろんネット通販もよく使うけど、実際にこの目で商品を見て買いたい時だってある。そんなときに瑛がいて、一緒に買い出しに行ってくれるなら……ちょっとありがたい。

「……本当に買い物付き合ってくれるの？　私が買い物するのは土日だけど、瑛、忙しいんじゃないの？」

「土日なんか何もないよ。それに初の頼みなら、何よりも優先する」

「別に何より優先してくれなくてもいいんだけど」

ただの買い物だし、と付け加えた。でも、瑛は笑顔でいや。と断言する。

「初のことは何よりも優先したいからする。それは、俺がしたいからするだけ」

「……ええ……」

なんでそこまでしてくれるのか。理由はわからない。

でもわざわざここまで足を運んでくれたうえに、私にとって有利な条件まで提示されてしまうと、なんだか断りにくい。

それに、今の瑛には恋人がいない。もちろん私にもいない。となると、これって断る理由がないのでは……？

いろいろお世話になったんだし、頼み事くらい聞いてあげなさいよと私の中の天使が囁く。

しかし、同時に、瑛とセックスしたあとあんなに避けまくっていたのに、相手に頼まれたくらいでコロッと言うことを聞くのか。恋人がいるくせにお前と寝た瑛に対する苛立《いらだ》ちはそんなもんだったのかと、今度は悪魔が囁いている。

本気で今、頭を抱えたくなった。

——うわー、もう……!!　どっちもその通りなんだけど……!!　でも、正直断るの苦手なんだよね……決して昔みたいに勢いでセックスしたりしないし、瑛に本気にならないようにする。だから……いいか……

誰に言い訳するわけでもなく、自分に言い聞かせる。

「わ……わかった……」

「え」

瑛が真顔になる。まさか私が受け入れてくれるとは思っていなかったと言わんばかりの顔だ。

「協力し、てもいいよ……でも、本当に必要なときだけだからね？」

「初……!!　ありがとう。助かる」

お礼を言ってくる瑛が心底ほっとしたような顔をする。そんな顔を見ると、本当に困っていたのだと実感した。

――まあ、いいか……いつまでも警戒しまくってても仕方ないし。

それに、あくまでもフリだし。

「じゃあ、そうと決まれば話は早い。まず、いつでもいいのでここを訪ねてほしい」

瑛がジャケットの胸ポケットから名刺を取り出し、私に差し出した。

代表取締役社長として瑛の名前、それと、オフィスの住所が書かれている。

「これって……」

「俺の会社。初の都合のいいときでいいから、ここに来てまず、お前の存在をうちのスタッフにアピールしてくれると嬉しい。数人女性スタッフがいるんだが、どうも最近視線が気になってて」

「アピールって。そんなのしたことないんだけど。どうやればいいの」

「適当でいいよ。話は合わせるから、初のやりたいようにやっていい」

「そ……そんな、むちゃくちゃな」

瑛の頼みを受けてしまったことを早速後悔した。

よくよく考えたら、フリってことはつまり、相手を騙《だま》すことだ。そんな大それたことを何食わぬ顔でやってのける自信は全くない。

「瑛、あの……やっぱり私には……」

「できないなんて言わないよな？　竜也の結婚式のとき、お前に冷たくされて寂しい思いをした俺に、これくらいしてくれてもいいんじゃないか」

「え」

　瑛が悲しげに目を伏せた。

「そ、そんなこと言われたって。……仕方ないじゃない！　あんなことがあって普通にできるわけないでしょ？」

「……普通にできるわけがない？　どうして？」

　質問したのはこっちなのに、なぜか質問が返ってきた。

「だって……」

　なぜか瑛に手首を掴まれた。

「あの夜、俺に抱いてくれと頼んだのは初のほうだ。俺は頼みを聞いてお前を抱いた。それのどこが問題なんだ」

「瑛……」

「確かに気まずいかもしれない。でもさ、それにしたって八年も連絡一つ寄越さない、帰ってこないっていうのはどういうこと？」

　腰に瑛の手が添えられ、体が近づく。手首を掴まれていることもあり、後ろに下がることも、前方に逃げることもできない。

「て、瑛…………っ、あ！」

　強引に抱きしめられてしまう。

「避けるくらいならなんであのとき俺に抱かれた？」

　言われた内容だけなら怒られているようにも取れる。でも、耳の横辺りで聞こえてきた瑛の声はどこか悲しげだった。どう考えても怒っているようには聞こえなかった。

「あのときは……私、恋愛の経験とか何にもなくて……その……」

　ただセックスがしたかったわけじゃない。あのときの私は、ちゃんと瑛のことが好きだった。

　でも、今更そんなこと言ったって遅いし、なんとなく言いたくなかった。

　だって、あの当時交際相手がいたのは瑛の方なのに。なんで私が責められないといけないの？

「……もう、過去の事だから。それよりも……離して。苦しい……」

「……」

　瑛からの返事はない。

　多分時間にしたら数秒、長くて一分くらいだったと思う。呼吸をするもの少々苦しいくらい強く抱きしめられていたが、やっと解放された。

「まあいいや。とにかく、例の件よろしく頼む」

　すれ違いざまに私の肩をポン、と叩いてから、瑛が玄関を出て行った。

　瑛の足音が遠くなり、聞こえなくなるとやっと全身の力を抜くことができた。

「う、わ……何、今の……」

　まだ半分近く残っていた缶ビールを一気に呷った。飲み終えてプハー、と息を吐き出してから、瑛にもらった名刺へ視線を落とす。

——瑛、社長なんだ……すごいな、親子二代にわたって社長……

何気なく名刺を裏返すと、そこに手書きで携帯の番号とメッセージアプリのＩＤ、それと今住んでいるマンションの住所までもが書かれていた。

「え。なにこれ……ここに連絡しろってこと？　しかも住所まであるし……」

いくら恋人のフリをするとはいえ、ここまで個人情報を教えてくれなくてもいいのに。

全くもって今の瑛が何を考えているかが見えてこなくて、少し不安になった。

婚約者のフリって、具体的にどこまでやればいいのだろう。

疑問に思っても、周囲に婚約者のフリ経験者が誰もいなさそうなので聞くわけにもいかないし。

しかも相手は瑛だし。

——せっかく離れて安心してたのに、また瑛と会わないといけないとは……

なんていうか、変な縁で繋がってるみたいだ。

でも、あくまで瑛に頼まれているのは婚約者のフリ。きっと幼なじみで頼みやすいから私に白羽の矢が立ったのだろう。

「いつでも来てくれていいって言われたけど、いつでもっていうのは無理でしょ」

瑛にもらった名刺をひらひらと目の前で揺らす。

先日瑛が帰ったあと、彼のオフィスがどんなものなのかネットで検索してみた。

彼が言った通り、実家の家業である建築会社の経営が順調なのは事実だった。

とくに注文住宅部門に力を入れ始めた結果、一級建築士でもある瑛が所属していた設計部門が提案したスタイリッシュな注文住宅が評判となり、地元でぐんぐん業績を伸ばしていったらしい。

——それにしてもこっちに事務所を作ったとか。びっくりしたんだけど。

まあ、八年間会ってなかったし私も地元に戻ってないから、この八年の間に何があったかなんてなにもわからないのだが。

瑛の友人でもある兄なら多少いきさつを知っている可能性があるけど、わざわざ訊くほど気になっているわけでもないので、訊かないけど。

今度は今の事務所の場所を地図アプリで検索してみる。名称は七井設計株式会社。テナントビルの一階と二階が事務所になっているらしい。

「へえ……ちゃんとした事務所だね……」

マップにある画像だと、瑛の事務所が入るビルがどんな外観をしているのかがはっきりわかる。

さすがに地図上はまだ昔のままで瑛の事務所の画像はない。でも、センスのいい瑛のことだ、きっとそれなりに目を引く外観になっているに違いない。

瑛は昔から着ている服や持っているもののセンスがよかった。

安価なものでも色の組み合わせや素材の組み合わせが秀逸で、彼が身に付けているだけで上質なもののように見えてくる。そういうのはきっと、彼が元々持ち合わせている才能なのだと昔から感じていた。

そうしたら案の定、そのセンスが受けて親の事業を拡大するきっかけ作っちゃうとか。さすがだな、という感想しかない。

「婚約者……本当に私でいいのかな……」

瑛のようにイケメンで経営者という高スペックな人間の相手が私のようなごく普通の会社員に務まるのだろうか。

顔だって十人並みだし、スタイルが特別いいわけでもない。胸は限界まで肉をカップに突っ込んでやっとＤカップができあがる程度のボリューム。肩下十センチくらいの長さの髪は定期的に美容院に行ってメンテナンスはしているけれど、彼の職場に行く前に一度美容院に行ってトリートメントでもしたほうがいいのだろうか。

でも、こういうのはやり出すと限界がない。必要以上に気を遣う前に、普通に清潔感があるとか、言葉遣いを丁寧にするとか、そういう方面に力を入れた方がよさそうだ。

――まあ、そうよね……私みたいなのに恋人役を頼むくらいだから、瑛もそういうのは期待してないだろうし。

必要以上に自分を磨き上げるのはやめた。そう、だってこれはフリだから。本気で恋愛するわけじゃないのに、私がそこまでする必要はないだろう。

そう思い至った私は、手始めに会社帰り、彼の職場に差し入れをする体で顔を出すことにした。

事前に瑛へ差し入れは何がいいかメッセージで訊ねてみたら、女子が数人いるので女子受けしそうなもの、という返事が返ってきた。

——女子受け……なんだろう。映えそうなもの……？

かといってグレーズがたっぷりかかったドーナツとかは、カロリーも気になるだろうし。和菓子ならそれほどカロリーも気にならないかな？

悩んだ末、職場から瑛の事務所に行く途中にある老舗和菓子店で羊羹《ようかん》を買っていくことにした。

普通の小豆の羊羹も美味しいと評判の店だが、最近は小豆だけでなく珈琲《コーヒー》や抹茶、紅茶などの羊羹もあるようで、そういったものが女性に人気がある、とネットの記事で知った。

店で試食をさせてもらったけど、どれも一般的な羊羹とは違ったそれぞれのフレーバーが、見事にあんこと融合し甲乙つけがたい味わいだった。結局自分用にも何種類か買ってしまった。

——帰ってからお茶淹《い》れて食べよっと。

買い物は済んだので、あとは瑛の事務所に行くだけだ。

私に彼女のフリを頼んで事務所に来いと言ってくるくらいだから、彼の事務所には瑛へ好意を寄せている女性がいるはず。

自分に好意を持ってる女性とずっと同じ空間にいるのって結構キツくないかな。応えられればいいけど、瑛にそういう気持ちはないってことだし……

瑛だけじゃなく、相手だって本当に今の環境で幸せなのだろうか。叶わない恋心をずっと持ち続けているって結構キツいから。

とか思ってたら、それって昔の私じゃん。って気付いて胸が痛くなった。

瑛のことがずっと好きで、無理矢理体だけは繋げたけど心は……っていう。気持ちがわかるだけに余計申し訳ない。自分は今からその人を騙すのだから。

でも、好きでもない女性に好かれて困るという瑛の気持ちも理解はできる。どっちの気持ちもわかるだけに、恋愛ってそう簡単にうまくいかないなあ、とため息が漏れてしまう。

まあ、そうじゃなかったら皆悩んで占いに行ったりしないか。

モヤモヤいろんなことを考えている間に、瑛の事務所が入るビルが近づいてきた。仕事帰りに買い物を済ませてから来たので、時刻はもう夜の七時近い。辺りは真っ暗だが、事務所は煌々《こうこう》と明かりが点っている。

事前にホームページで事務所の営業時間をチェックしたら、夕方六時までだった。

——残業してるのかな。それとも、私が行くって伝えたから瑛だけが残ってるとか？

「こんばんは」

体半分くらいドアを開けて中を覗《のぞ》き込《こ》む。白を基調とした無機質な空間には、机と椅子がいくつか並んでいた。奥の方も覗いてみたが、パッと見た感じ誰もいない。

ドアを開けた時にチャイムが鳴ったので、私が来たことは中の人に知らされたはず。黙って立ったままで様子を窺っていると、奥の方から人の足音が聞こえてきた。

姿を現したのは瑛だった。

「初、いらっしゃい。仕事帰りに悪いな」

「……こんばんは。瑛だけ？　他の人は？」

「今日はどういうわけか皆用事があるらしくて、終業後さっさと帰っちゃったんだよ。どうぞ、奥が事務所になってるから」

「え？　そうなの⁉　それじゃ私ここに来る意味なかったのでは……」

「そんなことはない。俺が嬉しいから」

「はあ……？」

なんだかよくわからないまま、瑛に誘われて事務所の奥へ進む。奥は彼の言うとおり、デスクがいくつも並んでいて、一番奥に瑛のものと思われる大きめのデスクがあった。

瑛のデスクの他にデスクは四つほど。ということは、この事務所は全部で五人……？

事務所の端っこにソファーがテーブルを挟んで向かい合わせに置かれた応接セットがあった。瑛がそこに座れと言うので、言われるままに腰を下ろした。

「あの、これ、お土産。羊羹なの。よかったら皆さんでどうぞ」

「お、悪いな。なんか飲む？　珈琲と紅茶、どっちがいい？」

「じゃ、珈琲で」

事務所内に珈琲の香りが漂っていたこともあり咄嗟に珈琲と答えた。わざわざ紅茶を淹れてもらうのもなんだか申し訳ないので。

コーヒーメーカーで淹れてあったコーヒーをプラスチック製のカップに入れ、差し出される。それにお礼を言って受け取った。

「他に誰もいないんじゃ、恋人アピールできないんだけど……」

これじゃ牽制《けんせい》にもなんにもならない。憮然としながら物申すと、瑛が苦笑する。

「なんでだろうな。俺も不思議でならない。普段は俺が帰るまでずっといる人ばかりなのに」

「でもさ、これって私、また出直さないといけないってことじゃない？　二度手間……」

「また初が来てくれるなら、俺にとっちゃラッキー」

唖然《あぜん》とする。

「なにを言って……こっちは仕事帰りにわざわざ来たのに……二人きりになりたいなら別に、ここじゃなくたって」

「え。他の場所でも会ってくれるの？」

「そりゃ、指定してもらえば……もちろん、あんまり遠いところは困るけど」

「なんだ、そうだったのか。初、理由つけないと俺に会いに来てくれないって思ってた」

鋭い指摘にうっ、となる。

確かにそうなんだけど。でも、今そんなことを言われたって困る。

どこを見たらいいかわからなくて、事務所内をぐるっと見回してみる。

入ってすぐにあるのは、来客対応をするための来客ブース。それがいくつかあって、衝立《ついたて》の向こう側に事務所がある。私が座っている応接セットの向こうには、会議などで使用できそうな部屋もある。間口はそれほど広さを感じなかったけれど、奥行きが結構あるんだ、この事務所。

「…………本当に、こっちで事務所出したんだ……」

コーヒーカップに口を付けていた瑛が、うん？　と目線を寄越す。

「信じてなかったのか」

「そういうわけじゃないけど。でも、本当に私の拠点から近いから……お兄ちゃん、何も言ってなかったし」

「竜也には口止めしてた。俺が直接初に伝えるから、それまで言うなって」

口止めと聞き、咄嗟に眉根が寄ってしまう。

「なんで口止めなんかするの」

「先に言っておいたら、初、逃げそうだから」

断言されて、うっ、と言葉に詰まった。

その予想はあながち間違っていない。もしそれを知っていたら、兄のお土産を持ってくるのが瑛だと察しもつく。そうなるときっと、絶対瑛に持ってこさせるのはやめてくれと兄に訴えていたはず。

珈琲を口に付けていたら、瑛が「でも」と話を続ける。

「なにもここに来るだけが初の役割じゃない。他にも頼みたいことがあるんだ」

「ほ、ほか？　他にって……なにをすればいいの？」

瑛がソファーの背に凭《もた》れて、長い脚を組み変えた。

「近々、俺が学生の時から世話になっている先輩の婚約披露パーティーがあるんだ。そこへ、初も俺の婚約者として一緒に行ってほしいんだ」

「……婚約披露パーティー……それって、出席者どれくらいいるの？　大きいの？　それとも、数人だけのこぢんまりしたやつか……」

瑛が小さく首を傾げた。

「顔の広い人なんで、招待客がかなりいることだけは確か。多分百とか、へたしたらもっと」

ぼんやりとキラキラした人達がたくさん集まっているパーティーを想像した。

……私みたいな庶民はすっごく居心地が悪そうで、即座に行きたくないと思ってしまった。

「それ、どうしても行かなきゃいけないの……？」

「だね。今回、俺がこの事務所を出すにあたり、かなり相談に乗ってもらった人で、実はこのビルのオーナーも先輩が紹介してくれたんだ。その件だけじゃなく、昔から世話になっているんでね。行かないという選択肢はないな」

「……そう……」

行かなきゃいけないのか……

そういう事情なら仕方ない、とため息を吐く。

「そんなに嫌そうな顔しなくてもよくね？」

声は不満げだけど、顔は笑っている。思わずどっち？　と問いたくなった。

「そりゃそうでしょ。本当に婚約者ならいざ知らず、に……偽の婚約者なんだし。私だって、好き好んで人を騙したりなんかしたくないよ」

軽く口を尖《とが》らせながら文句を言ってやった。これに対して瑛はどう出るのか。ドキドキしながら待っていると、数秒黙って私を見つめてから口を開いた。

「じゃあ、本物の婚約者になるか」

――え？

真顔で瑛と視線を合わせた。

「……それはどういう……」

「言葉どおりだけど？」

クスッと口元に笑みを浮かべる瑛からは、いまいち本音が読み取れない。

――言葉どおりって……絶対嘘。また私のことからかってるんだ。

「もう、いいからそういうのは。……わかった。ちゃんと婚約者やります。で、その婚約披露パーティーっていうのはいつなの？」

「二週間後。先輩が経営するレストランを貸し切りにしてやるんだ。タダで美味いもの食べれるぞ。楽しみにしとけ」

にやりと不敵な笑みを浮かべる瑛に、こっちは苦笑いを返すしかできなかった。

「じゃ、行くか」

コーヒーを飲み終え、瑛が立ち上がった。

「え。どこに？」

「決まってるだろ、お前のアパート。せっかく仕事帰りにわざわざ来てくれたのに、このままじゃあねって帰すわけないだろうが。車で送る」

「ええ？　いいってそんなの。普段も仕事でこのくらいの時間になることあるし……」

事実を言っただけなのに、なぜか瑛がムッとする。

「よくないから。とにかく送る」

――ええ……なんか強引……これ、なに言っても聞かない感じ？

機嫌を損ねられても困るので、仕方なく送ってもらうことにした。

本音を言えば瑛と二人きりで車に乗りたくはないが、今夜はどうやら逃げられそうにない。

ちょうど飲み頃になっていたコーヒーを一気飲みして、駐車場に停めてある瑛の車まで移動することになった。

事務所の近くに借りている月極《つきぎめ》駐車場まで移動し、瑛の白い車に乗り込んだ。その外観は、地元で見ていた彼の車とは違っていた。うっすらと新車特有の匂いがしたので、まだ納車になってからそう時間が経過していないようだった。

「この車って、向こうにいるときから乗ってた？」

「そう。まだ納車になって半年くらいかな。こっち来る時に一緒に連れてきた。言うなれば俺の相棒だ」

後ろの荷台も座席も広い大きな車。これに荷物を載せてこっちに引っ越してきたのかな。

――そういえば、瑛の家ってどんな感じなんだろう……

ふと気になったので、訊ねてみる。

「瑛はどこに住んでるの？」

「俺はこの近く。マンション借りてる」

「ふうん……社長さんだから、どうせうちみたいな狭ーいアパートじゃないんだよね？」

「中が見たいならこのまま行くけど」

ハンドルを握りながら、瑛がチラリとこちらを窺《うかが》ってくる。その、ある意味色っぽさを含んだ眼《まな》差《ざ》しにドキッとした。

でも、惑わされたくない。

ふん、と鼻から息を吐き出し、敢《あ》えて瑛の方は見ずに、窓の外を見る。

「……いや、別に見たいわけじゃないから」

「そう？　残念」

全くそう思っていなさそうな声音。この人はいつもそう。

飄々《ひょうひょう》としていて、何を考えているのか考えが読めないところがある。そういう部分が若干ミステリアス。だけど、外見のせいだけでなく、やけに人を惹《ひ》きつける独特な魅力を持つ。

そんな瑛だから私も好きになったっけ。

——ああ、ダメダメ。昔の気持ちを呼び戻しちゃ。せっかく区切りを付けようと頑張ってたのに。

本当に瑛の事務所から私のアパートまではかなり近かった。電車だとまあまあ時間がかかるが、車だとナビの最短距離で三十分もかからない。

この前来たばかりだからか、瑛は迷うことなく私のアパートまで辿り着いた。

「……しっかり覚えてるのね、うちのアパート」

「そりゃまあ……最初にどこかしっかり調べたし」

アパート近くにある道路の路肩に車を停めた。

ここは住宅街が近いので、あまり車も多くない。幹線道路だと後ろから途切れることなく車が来るので、早く降りないと!!　と慌てるところなのだが、ここならさほど急がなくても、頻繁に車は来ない。

「それじゃ、二週間後よろしく。当日、ここに迎えに来るから」

「……わかった……」

「準備に金がかかるようなら請求して。領収書くれればあとで精算するから」

精算って。なんだか本当に仕事で婚約者をするみたいだ。

「わかった。じゃ」

ドアの取っ手を手前に引き、車を降りようとした……のだが、ふと、肩に瑛の手が乗った。

「初」

「え？　まだなんかあ……」

振り向きざま、すぐに瑛の顔が視界に飛び込んできた。それに驚く間もなく、唇に柔らかい感触が当たって心臓が大きく跳ねた。

——えっ!?　な……

なんでいきなりキスをされているのか。困惑で固まっていると、瑛の手が私の背中に回った。グッと体を引き寄せられて、瑛と体が密着する。

舌が差し込まれ、ただ唇を触れあうキスではなくなった。そうなってしまうと完全に雰囲気に呑《の》まれ、私の口から恥ずかしい声が漏れる。

「……ン……っ」

甘い甘いキスは、まるで本当の恋人するようなそれ。

こんなことをされると、また勘違いしそうになる。

——本当の恋人じゃないのに。だめ……!!　これ以上は……

このままだと瑛のペースにハマってしまう。また、この人を欲してしまう。

そうなる前になんとか我に返り、急いで瑛の胸を押し返し、彼と距離を取った。

「なっ……なに‼　なんでキスするの⁉」

この質問に、瑛がしれっと返す。

「いや……そういやしてないなって思い出して。婚約者なんだ、キスくらいは当たり前だろ」

「本当の婚約者じゃないのにっ」

「あはは。そうだったな」

――わ、笑い事じゃない……いきなりされる方の身にもなってほしいわ……

まだドキドキしているのを瑛に知られたくない。軽く彼を睨みつけてから、車を降りた。

そのまま瑛には一度も視線を送らないまま、自分のアパートの中へ駆け込んだ。自分の部屋に入ってドアの鍵を閉めてから、床に膝をつき、一度大きく息を吐き出した。

「……っ、はあ……もう、なんなのよ……！」

婚約者のフリを頼んでくるわ、何度も強引にキスしてくるわ。

本気で瑛の気持ちがわからない。

きっと仲のいい友人に相談したら、

【だったらちゃんと、どういうつもりなのか聞けばいいじゃん？】

とでも言われそう。でも、過去にあんなことがあると逆に聞きにくいのだ。

期待してしまうと余計、違った時のショックが大きすぎて立ち直れなくなるから。

一度大ダメージを食らった身としては、もうあんな思いはしたくない。もしまたあのときみたいなことがあれば、今度こそ男というものがわからなくなって、もう二度と恋愛なんかしたくなくなってしまう。

「面倒くさい……」

本当に。瑛はもちろんだけど、私も面倒くさい。

面倒な二人だからこそ、今こんなことになっているのかもしれない。


瑛に頼まれた例の婚約披露パーティーが近づいてきた。

生まれてこの方、結婚式、披露宴以外のパーティーというものに参加したことがない私は、正直言って行くことが億劫《おっくう》になっていた。

まず何が嫌って、着る服だ。

兄の結婚式は着物で参列したけれど、今回は手元に着物がない。あの日、実家に持参したワンピースは、瑛の隣に立つには地味すぎる気がして、今日は封印。

派手すぎても浮きそうだし、地味すぎても瑛の相手としてどうなの？　的なことを言われそうで怖い。隣にいる瑛に恥をかかせない、というのが第一条件だ。

よって以前友人の結婚式に着ていったボルドーのワンピースをクローゼットの奥から引っ張りだ

してきた。運の良いことに私は二十歳くらいからほぼ体型が変わっていないので、まず着れるかどうかは問題ないはず。

スカート丈も膝が隠れる程度だし、これならなんとかなりそうだ。

新しい物を買う手もあったけど、なんとなく瑛にお金を請求したくなかった。私がしなくても、新品だと知ると瑛が気を遣いそうだったから、どうにかして手元にあるもので済ませたかった。

髪はコテを使って自分で巻けばいいし、アクセサリーも手元にあるものでなんとかなるだろう。

——それにしても、瑛の知人って一体どんな人が来るのだろう？

まさかとは思うが芸能人とかモデルさん、瑛の業界の著名人とかが来たりして。

そうなると私、きっと平静を保てないけど。あの人はそこまで想定済みのうえで私に婚約者のフリを頼んできたのだろうか。

……いや、絶対考えてないと思う。

「絶対他人事だと思ってるね、あれは」

ボルドーのワンピースをチェックし、ハンガーに掛けてから独りごちる。

でも、人の婚約披露パーティーにわざわざ私を連れて行くって事は、やっぱりその場に瑛を狙う女性が来るということなのかな？

それとも、周りに私という婚約者がいるってことを周知させておきたいってことなのかも？

どちらにせよ、私にとっては責任重大で、めちゃくちゃ緊張する空間だってことに変わりはない。

でも、当日私を見た瑛にがっかりされたくない。その一心で、パーティー当日までの数日間、私なりに自分磨きを頑張った。といっても、エクササイズをしたりジャンクフードを食べないとか、その程度だけど。

それでも、パーティ当日までに少々体を引き締めることができたし、なんとなく肌の調子もよくなり、化粧ノリがすこぶるよかった。

「やった。頑張った甲斐があった」

ワンピースもいい感じに着こなせているし、私としては自分に花丸をあげたいくらいだ。

よっしゃ、これなら瑛も文句あるまい！　と気合いを入れて待ち合わせ場所に向かう。

一応ワンピースの上に羽織り物を着ているので、パッと見て私の着ているワンピースがどんなものかは、羽織を脱がない限り瑛はわからないはず。

でも私を見た瑛の第一声が意外で、面食らってしまう。

「初、綺麗だ」

車のドアを開け、お待たせ！　と勢いよく乗り込んだ私を見て、瑛が目を丸くした。はっきり言ってこんなに驚いている瑛を見るのは初めてと言っていい。

面と向かって綺麗と言われどうリアクションすればいいのか。しばらくなにも言葉が出てこなくて、ただ瑛と見つめ合うだけになってしまった。

「……っ、て、あの……そんなに見ないでくれる……？　普通に困るんだけど……」

「あ、いや、ごめん。この前、竜也の結婚式の時も思ったけど、やっぱり初って綺麗だな」

「だから、いいってば！　そんな、気を遣ってくれなくても……」

てっきり、今日わざわざ駆り出される私の為を思って言ってくれてるんだと思った。でも、瑛が「そうじゃない」とわざわざ食い気味に否定してきた。

「気なんか遣ってこんなこと言ってるんじゃない。そうじゃなくて、本当に思ってるから言っただけ。初は綺麗だよ。本気で思ってる」

「あ……ありがと……」

熱弁する瑛を前にして呆気《あっけ》にとられる。

普段、ここまで熱く語ることなんかない瑛に、こんなことを言われるなんて。

――なんだか調子が狂う……

まだパーティー会場に行ってもいないのに、今からこんなんでどうするんだ。しっかりしろ。

そう自分を窘《たしな》めた。

でも、瑛に綺麗って言われて嬉しかった。なんだかんだ言って、自分が昔から好きだった相手に褒められるのは嬉しいし、ありがたいことだった。

お陰で部屋を出た時とは違い、若干フワフワした感覚のままパーティー会場に連れてこられた。

主役である知人が経営するレストランだなんて聞いてたから、街中にあるのだとばかり思い込んでいた。しかし、到着したのは郊外の住宅街のど真ん中にある大きい建物だった。

周囲を樹木でしっかり囲われた空間。重厚な門の向こうにあるのは白亜の洋館とチャペル。どうやらその建物の中にはレストランも入っているらしいのだが、掲げられた看板にあるのは私でも名前を知っている大手のハウスウエディング会場だった。

確か、結婚した友人の中にはここの系列店で結婚式と披露宴を挙げた人がいたはず。系列店は都内だけでなく、他県にもいくつかあったような気がする。

——そんな大手のハウスウエディング会場を経営する知り合いって……一体……

これから会いに行く人のスペックがすごすぎて、目眩《めまい》がしそう。

もっとしっかりしなきゃと自分に言い聞かせながら、車を停め先に降りた瑛に続き、私も降りた。

「ねえ……ここが知り合いの経営するレストラン？　それって一体……あ、レストランだけ経営者が別なの？」

「いや。レストランを含めたこの会場全体を経営するのが先輩」

「……そ、そうなんだ」

確かに瑛の出身大学って、誰もが知る有名大学。そこを出た人達なら大きな会社を経営していてもなにも不思議はない。

——さすが……インテリは強いな……

しみじみしている間に建物に到着した。館内は空調が効いているので、羽織り物は不要。瑛に促され薄手のコートを脱ぐと、それを受付に預かってもらう。

——さて、会場はどこなのかな？

クラッチバッグを手に周囲を見回していると、腰に手が触れる感覚があって「わっ!!」と声を上げてしまう。

「なにっ」

勢いよく隣に立つ瑛を見上げた。その瑛はというと、なんでそんなに驚くのかがわからない、という顔をしている。

「だって婚約者だから。腰に手を添えるくらい普通だろ」

「そ、それはそう……かもだけど……」

反論するのもなんだかおかしいので、だんだん尻すぼみな返事になってしまった。

「それとも手を繋ぐ方がいいか？」

「……もうどっちだっていい……」

諦めて、素直に従うことにする。それに満足したのか、瑛は笑顔だった。

瑛に腰を支えられながら婚約披露パーティーの会場に進む。室内の壁はベージュで、テーブルなどのインテリアは白。清潔感と温かみを感じられる素敵な会場だ。その入り口には、水岩剛《みずいわつよし》・友野茅子《とものかやこ》婚約披露パーティー、と書かれたボードがある。

——水岩さんと友野さんね？　瑛のお知り合いは水岩さんの方かな？

淡いブルーの背景に白い文字で作成されたウェルカムボードの美しさに、まず目を奪われた。会場内はピンクのリボンとカラフルな花であしらわれたブーケが各テーブルに置かれているのが可愛《かわい》くて、なんだか胸がほわほわする。

会場は立食形式で、席はとくに決められていないらしい。その代わり会場内に点在するソファーや椅子はどこでも誰でも自由に使っていいとのこと。

「そっか、披露宴じゃないんだもんね……私、こういう形式のパーティー初めてだわ」

会場内を見回していると、瑛も私の呟きに賛同する。

「俺も経験ないな。水岩先輩によると、あんまりかしこまった感じにはしたくないからって。でも、ここを使うからにはある意味宣伝も兼ねたほうがいいから、ちょっと披露宴ぽく？　するかなー、とは言ってた」

「あ、そうか。ここの経営者さんだもんね……ここに来て会場を気に入ってくれたら、披露宴会場として選んでもらえる可能性が高くなるってことね？」

「だな」

何気なく隣にいる瑛を見上げる。

さっき綺麗とか言われちゃったせいですっかり忘れてたけど、今日の瑛の出で立ちもなかなかのものだ。兄の結婚式の時も思ったけど、瑛は濃い色のスーツがよく似合う。スタイルがいいからだと思うけれど、今日はその精悍《せいかん》な顔立ちに整えた黒髪がよく映える。ぱっと見、プロのモデルなのかなと見間違う程のスタイリッシュさだ。

現に、さっきから何人もの女性達が瑛にちらちらと視線を送っている。でも、そのたびに隣にいる私の存在に気づき、私と目が合うと気まずそうに視線を彷徨《さまよ》わせていた。

――もしかして私、しっかり瑛の役に立ってる……？

婚約者のフリなんて本当に必要なのだろうかと、最初は少々疑っていた。でも、こうしてみると瑛の読みは当たっていたのかもしれない。

「……瑛って、本当にモテるよね」

「え」

小声で瑛に聞こえないように呟いたつもりだったのに、しっかり聞こえていたようだ。

「いやあ……さっきから何人もいたの。瑛を見てる女性が。目立つんだよ瑛は」

「俺はあんまり目立ちたくないんだけどな。……あ。先輩いたわ。紹介するよ」

会場の中央辺りで招待客と談笑していた男性に、瑛が近づく。それに気がついた男性の顔が緩み、瑛に向かって歩いてくる。

瑛よりも身長は少し低く、スーツの二の腕辺りがパンパン。これってきっと筋肉だろうなーと思いながら視線を上に持っていくと、少し濃いめの顔立ちに目を奪われた。ワイルドなイケメンといったところか。

「瑛～～!!　事務所開設おめでとう！」

笑顔で肩をバシバシ叩かれながら、瑛が苦笑する。

「いや、今日は俺じゃなくて先輩が主役ですから。でも、ありがとうございます。先輩のお陰で思ったよりも早く事務所を出すことができました。感謝してます」

「そうか？　嬉しいなー。俺も瑛と仕事したいっていう野望があったからさ。それが叶うならできることはなんでもしてやろうと思って……って」

話している途中、先輩の視線が私を捉えた。

「あ。こちらの女性って、もしかして……」

それに反応するように、瑛が私の腰を自分に引き寄せる。

「ええ、俺の婚約者です。初」

名前を呼ばれたのが合図だとわかり、一歩前に出て頭を下げた。

「初めまして、大牟田初と申します」

「こちらこそ初めまして、水岩剛です。瑛とは大学時代の先輩後輩なんです。サークルが一緒でね。よく一緒に遊んでました」

なあ。と水岩さんが瑛に同意を求める。それに対し瑛が真顔でそうですね、と返す。

「食事に行けば焼き肉から始まって締めはラーメン、飲みに行けば二次会、三次会は当たり前で、果ては朝までとか……胃袋も酒も先輩が鍛えてくれたようなもんですね……」

最後の方は瑛が遠い目をしていて、当時がどんなだったのか私でも察することができた。

——大変だった、のね……

とはいえ今でも交流が続いてるんだから、別にそれが嫌だったとか、思い出したくもないとかそういうんじゃないはず。

瑛なりに水岩さんのことはそれなりにリスペクトしているのだと思う。

そうでもなきゃ、わざわざ恋人と偽ってまで、私をここへ連れてきたりはしないはずだから。

水岩さんがあははは、と軽快に笑う。

「まあな、あの頃はなー。なんていうか瑛って放っておけないというか……普段ちゃんと飯食ってんのか気になっちゃって。誘えば話も面白いからついつい盛り上がって朝まで、なんてよくあったよなー」

「まあ、俺も楽しかったんでいいんですけどね」

「それより、瑛が女性を連れてくるなんて初めてのことじゃないか。それにさっき婚約者……って言ったか？」

「言った。この人と結婚するから」

きっぱり言い切った瑛に、思わず立場を忘れて「えっ!?」と叫んでしまう。

途端に瑛にじろりと睨まれた。

——だ、だって……偽の婚約者なんじゃないの!?　そこまで話しちゃっていいのかな……

お世話になっている先輩にそんなこと言っちゃっていいの!?　と。すぐに聞き返したかったけど、そんな隙は与えてもらえない。なんでかといえば水岩さんが嬉しさのあまり瑛に抱きついていたからだ。

「そうか‼　おめでとう、やったな！　お前の結婚式にも呼んでくれよな！　んで、俺んとこの式場使ってくれよ」

「そうしたいのはやまやまなんですが、俺の地元に先輩のとこの式場ないんですよね……」

「じゃ、作るか‼」

横で話を聞いていて、この展開に「嘘でしょ？」と突っ込みたくなる。

この人が経営者なんだからあながち冗談とも思えない。でも、本当に作ったらびっくりである。

「えーと、初さん？　初さんはこっちにお住まいなのかな」

急にこっちへお鉢が回ってきた。

「あ、はい。でも、地元は一緒なんです。その……幼なじみというか」

なんとなく話してしまったけれど、すぐにあっ、と思った。

これって話してもよかったのかな。

気になって瑛を見るけれど、別に窘めるような視線は送ってこない。むしろこのあと、私達に関することを付け加えていた。

「そうなんだ。俺と初の家が近所なうえ、初の兄と俺が同級でね。付き合いは長いんですよ」

「へえ……じゃあ、子どもの頃からの付き合い？　瑛の運命の相手はすぐ側にいたってことか」

「そうですね」

笑顔で頷く瑛に、こっちはどういう反応をしたらいいのか。

——またこんなこと言ってるし……もう、どうなってもしらないよ？

相手が喜べば喜ぶほど、私の胸がちりちりと痛む。

こんなに喜んでくれているのに、これが嘘だと知られたら、相手をどれだけ失望させることになるのだろう。

そんなことばかり考えているので、どうも上手《うま》く笑えない。視線も下がりがちになる。

「じゃ、先輩。俺たちちょっと食事してきます」

「おお。たくさん食べてって！」

瑛に腰を支えられながら、水岩さんから離れた。

話が盛り上がっていたので、てっきりまだ二人の談笑は続くのだろうと思っていたのに、急にどうしたんだろう。

「瑛」

「ん？」

「まだ話したかったんじゃないの？　私のことは気にしないで、話してくれてよかったのに」

私を見下ろし、瑛がクスッと笑う。

「いや、先輩とはいつでも話せるから。それに、俺と先輩ばかりが話してたって仕方ないだろ？　それに見てみろ、いつの間にか招待客めちゃくちゃ来てるし」

瑛に指摘されて会場内を見回してみたら、確かにさっきとは比べものにならないほどのお客さんがあとからどんどん会場に押し寄せている。

「ええっ!?　いつのまに……!!　ていうか婚約披露パーティーにこんなに人が来てくれるって、先輩すごくない？」

「元々人望がある上に仕事関係の人脈があるから。これ、半分くらいは仕事関係者じゃないかな」

結婚式場をいくつも経営してるくらいだし、それもそうか。

「それよりなんか食べようぜ。ここ、料理も結構評判いいんだよ」

瑛に手を引かれ、立食ビュッフェの料理が置かれたテーブルまで移動する。担当のスタッフがちゃんといて、お皿を手渡してくれたあと、聞けば料理の説明もしてくれる。洋食がメインだけど、ビーガンの人向けの料理なんかもあってかなり品数は多い。

そこで気になった料理をいくつかピックアップしてお皿に盛り、ドリンクも一緒にトレイに載せて空いている席に座った。

今日、ここに来ることに対してあまりいい気持ちじゃなかったけれど、美味しい物を前にするとそんな気持ちが嘘のように消えた。改めて食べ物の力って大きいと感じた。しかも美味しいなら尚《なお》更《さら》だ。

「ん。美味しい！」

真っ先に目に付いたローストビーフを口に運んだ。火が入っているのにしっとりとしていて、柔らかくて最高に美味しかった。専用のソースも美味しい。これをご飯にかけて食べたらご飯が進みそうだと思った。

サラダ用の野菜もどれも新鮮で、シャクシャクしてて歯ごたえがいい。それにこのドレッシングは一体どんな材料でできているのか。食べたことのない味だ。

――ハーブかな……とにかく野菜との相性がめっちゃいい。ただでさえ美味しい野菜がよりいっそう美味しさを引き立てられている……!!

こんなことを考えながら真顔でサラダを食べていると、ローストビーフを食べていた瑛から笑いが漏れる。

「なんでそんなに真剣にサラダ食ってんの？」

「え。だって、このドレッシングすごく美味しくない？　市販だと何に近いんだろうって今一生懸命考えてたんだけど」

「さあ……俺、そんなの考えたことないわ」

席の向かいで楽しそうに笑っている瑛を見ると、なんだか私達が本当に恋人同士みたいだと錯覚してしまう。

これはこれで楽しいけれど、あんまり長い時間これが続くと、婚約者のフリを終えたあとが辛くなりそう。

――勘違いしちゃいけない。私は、偽物……

偽物という単語が、地味に自分に刺さってしまう。

急に静かになった私に、瑛が話しかけてくる。

「気になるならここのシェフにレシピ聞けば？」

「え。そこまでは……いい……」

「そんなに美味いなら俺も持ってくればよかったな、そのサラダとドレッシング」

じっとサラダを見つめる瑛に、じゃあどうぞ、とお皿を差し出した。それを瑛は不思議そうに眺めている。

「……食べさせてくれないの？」

「なに言ってんの？　そんなこと今までしたことないじゃん」

「だからだよ。今こそ俺たちの仲の良さを周囲に見せつけるいい機会だろ？」

「いい機会って……今、私達のことを見てる誰かなんかいる？」

こう訊ねた途端、瑛がなぜか無言になった。その顔は、言いたいことがあるけれど多くは語らない……とでも言いたげだった。

――え。もしかして……いるの？

かといって周囲を見回すと相手にバレてしまうので、それはできない。

「ちょっと……なに？　先輩に紹介するだけじゃなかったの？」

「申し訳ない。俺ってこう見えて結構人気があって」

瑛が言うとあながち嘘でもないので、なんかムカつく。

ハア……とため息をつき、仕方ないなとフォークを掴んだ。

「わかった。じゃ……はい。あーんして？」

ぐさぐさと野菜をいくつか刺したフォークを、瑛に向けて差し出した。

大人になってあーんして、なんて言葉を口にするとは思わなかった。やっててめちゃくちゃ恥ずかしい。

もちろんそれは瑛も同じだったらしい。一瞬真顔になった瑛は、少し目尻を下げて笑いを堪えているようだった。

「まさか、本当にやってくれるとは……」

「だ、だって!!　瑛がやれって言うから……！」

慌ててフォークを持った手を引っ込めようとした。でも、咄嗟にそれを瑛が掴んで阻止した。かと思えば、そのまま勢いよく一口で野菜を食べてしまった。

食べろと言ったのは私だけど、実際やられると恥ずかしさは想像以上だった。耐えきれなくて、額を押さえたまま瑛から視線を逸らしてなんとか恥ずかしさを堪えた。

「わあ、お二人、仲がいいのねー」

頭の後ろの方から声が聞こえてきて、慌てて顔を上げる。恐る恐る振り返ると、細かなラメが入っているのか、光の加減でキラキラと光るピンクのワンピースを着た女性が近づいてきた。

はっきりとした顔立ちの綺麗な女性は、私よりも年上のように見える。ロングヘアは後頭部でアップにし、顔の輪郭周りに後れ毛をカールさせ垂らしている。

少々、アイメイクがキツいと感じたけれど、それは私の主観なので置いておくとして。

それにしてもこの人は一体誰なのか。女性はずっと瑛に視線を送り続けているところからして、瑛の知り合いのように見えた。瑛の表情を確認してみると、彼女の登場にさほど驚きはないようだが。

――ってことは、やっぱり知り合い……なのかな？

「どうも。お久しぶりです、赤坂《あかさか》さん」

瑛が彼女のことを赤坂さんと呼んだ、それを受け、その赤坂さんが嬉しそうに頬を緩ませる。

「久しぶりね、瑛。何年ぶりかしら。水岩君と一緒に飲んだのが最後だから……四年？　五年ぶりかしら。相変わらずいい男ね」

「どうも」

懐かしさと嬉しさが相まって、赤坂さんの声が弾んでいる。しかし、瑛は表情を変えることなく、淡々としているのが印象的だった。

きょとんとしている私に、瑛が「初」と声をかける。そして、赤坂さんを紹介するように掌《てのひら》を彼女に向けた。

「こちら、俺の大学の先輩で赤坂さん。俺と、というよりは水岩先輩と仲良かった人だけど」

「あらー。そんなことないでしょ？　私とだって何度か一緒に飲みに行ったりしたじゃない。忘れちゃったの〜？　私がお酒あんまり強くないから、いつも酔っ払ったときは瑛が介抱してくれたの。瑛ってばほんと、優しくていいヤツよねえ？」

赤坂さんがちらっと私を見る。

これって、私に瑛の良さを教えてくれているのだろうか。それとも別の意図があるのだろうか。

――わ……わかんないな、これ……もしかして牽制とか？

どういう態度で彼女と話せばいいのか。悩んだけれど、私は今、瑛の婚約者。

落ち着いて対応しなくては。

「そ……そうでしたか。瑛って、昔から優しいですもんね」

婚約者である私が「えー？　そんなこと瑛がする？」みたいなこと言ったらおかしい。だからここは、なんとかうまく誤魔化したつもりだった。

でも私に優しいなんて言われた瑛は、それがおかしくてたまらないらしい。「ふはっ」と笑いが漏れていた。

「赤坂さん、昔のことを暴露するのやめて。初に変なこと吹き込まないように」

ふうん、と赤坂さんが私の顔を覗き込んでくる。お酒が入っているせいか、初対面なのにやけに距離が近い。

「初さんっていうのね。かーわいい。瑛ってこういう可愛い子が好みだったのねえ……どうりで私に靡《なび》かないはずだわ」

――靡かない？　ということは、この人も瑛のことが……？

平常心を保ちつつ、瑛と赤坂さんを交互に見る。瑛は無表情だったけれど、赤坂さんはなんとも思っていないようだ。

「赤坂さん。ちょっと今日は口が軽すぎませんか」

「そうかしら。いつもと変わらないと思うけど？　ただ、これまであまり女に興味を示さなかった瑛が連れてきた女の子だから、周りは皆、初さんに興味津々なの」

「え……」

途端に不安になり、瑛を見る。瑛は、まるで大丈夫だというように小さく首を横に振っていた。

「もしかしたら私以上に瑛の過去についてなにか言ってくる女がいないとも言えないから？　気をつけた方がいいわよって忠告しに来てあげたの！　私、優しいでしょう～」

「どこが」

瑛がそっけなく返す。

冷たくない？　と隣にいる身としては困惑しかない。けれど、瑛はどこ吹く風。そんな瑛に慣れているのか、赤坂さんは苦笑しただけだった。

それにしても、瑛って学生時代とかこれまで、女性関係はどんな感じだったのだろう。

――お兄ちゃんもそこら辺に関しては一切触れたことないし……かといって、これだけ女性にモテる瑛のことだもの、まるっきりなにもない、なんてことは考えられない……

「初。なんかいらんこと考えてるみたいだけど」

瑛にチクリと言われる。

「俺の過去の恋愛話とか。そういうのマジでなんにもないから。他の人になにか言われても全部聞き流してくれていい」

「……えっ？　い、いらんことって……」

「……なんにもない？　それってほ……」

「ええー！　なにもなくないでしょ!!　少なくとも私は数人知ってるわよ、瑛が仲良くしてた子のこと！」

本当？　って聞き返そうとしたら、赤坂さんが強引に会話に入ってきた。彼女が言ったことの方が事実のような気がして、私はただ耳を澄ませて話を聞くのみ。

赤坂さんの爆弾発言に、瑛の表情がわかりやすく歪む。

いつも飄々としている瑛が、こんなにはっきり不快感を露《あら》わにするのは珍しい。

「そういう誤解を招くこと言わないでもらえます？　そりゃ、デートしたことがない、とは言いません。でも本当にそれだけです。その女性達と深い仲になったわけじゃありませんから」

「ええ～。絶対それだけじゃないでしょ？　実はその中に本命がいたり……」

「赤坂さんいい加減にしてくれませんか」

瑛のいつになく低い声に、赤坂さんはおろか私までビクッとしてしまった。

「そんなくだらないことを今、初の前でわざわざ話す必要がありますか。あなたは俺と初の仲を壊したいんですか」

ピリピリとした空気が流れる中、瑛に質問された赤坂さんが、この場所に来て初めて狼狽《うろた》えた。

「えっ……やだ、そんな怒んないでよ！　ちょっと昔の思い出話をしただけ……」

「一方的に人の過去をほじくり返してどこが思い出話？　俺があなたに靡かなかった理由がわかるでしょう。そういうところが嫌いだからですよ」

「ちょっ……瑛!!」

赤坂さんの顔が赤く染まっていく。

「もう婚約者がいる俺に構う必要はないでしょう。男漁《あさ》りがしたいなら会場内を瞬《まばた》きせず見つめていてはどうです。そのうちあなたのお眼鏡にかなう男性が一人くらいは現れるかもしれませんよ」

しれっと言ってのける瑛に、こっちが唖然とする。赤坂さんはというと、顔を真っ赤にしたまま言葉を失っていた。その手は、怒り、もしくは羞恥で小刻みに震えているようにも見えた。

「し……失礼にもほどがあるわよ!?　あんた、数年会わない間にクズっぷりに拍車がかかったんじゃないの!?」

「というか、俺、元々こういう男ですから。……赤坂さんが移動しないなら俺たちが移動しますけど」

「……っ！　言われなくたって移動するわよ!!　ほんっと、やなヤツ……!!」

ぎろりと瑛を睨みつけてから、赤坂さんがテーブルを去って行く。

一連のやりとりを見つめていた私は、ポカンとしたまま赤坂さんの背中を見つめていた。

赤坂さんもすごいけど、それを黙らせちゃう瑛もすごい。全然怯んでなかった。

「て、瑛……すごいね。赤坂さんみたいな人を相手にしたとき、私あんなこと言えないよ……」

「すごい？　どこが。普通に考えてあの人が失礼だろ。俺が婚約者を連れてきているのに、そんなことはお構いなしに過去の恋愛話とか自分が俺に気があったことを匂わせたりとか。相手に配慮できないような人に気を遣う必要はないよ。いくら先輩でもね」

確かに、過去に一緒に飲みに行ったとか靡かなかったとか、余計なことばっかり言ってたもんね……もしかして今でも瑛に気があったりして……？

「……モテる男は辛いね」

「辛くはない。ただ面倒くさいだけ」

吐き捨てるように言う瑛は、本気で赤坂さんのことが苦手のようだ。

「でも、今ので私も少しは役に立ったかな。やっと婚約者の役目を果たせた気がする」

「役目？　どこが」

瑛が目を細めた。

「だって、私がいなかったら赤坂さん、多分ずっと瑛の側にいたんじゃない？　もしかしたらこのパーティーが終わったあと飲みに連れて行かれたりとか」

「やめろ、寒気がする」

嫌がる瑛が珍しくて、つい笑ってしまう。そんな私を見て、なぜか瑛がこっちに手を伸ばしてくる。

「何笑ってんの」

頬に手を添えられて、またビクッとしてしまった。

人が見てるかもしれないのに、いきなりなにをするのだこの男は。

「えっ！　ちょっ、いきなりなに……」

「なにって、笑ってるからその頬を掴んでやろうとしただけ。本当は頬の肉を摘まんでやりたかったけど、なんか柔らかくて気持ちよさそうだったから、つい普通に触っちゃった」

「ちゃ……ちゃった、て……」

「いいだろ、婚約者だし。仲睦《むつ》まじく見えてアピールにはもってこいだと思うけど」

手が、なぜか愛おしむようにスリスリと頬を撫でている。

ふざけてやっているなら、こっちも「やだもー！」とかなんとか言って誤魔化せるけど、どうもそんな雰囲気は瑛から感じられない。

それどころか、手から伝わる温《ぬく》もりと優しい触れ方が、どう考えても私を本気で愛おしく思っているようにしか思えなくて、ドキドキがどんどん大きくなってくる。

――や……やばい、それにこんなこと公衆の面前ですることじゃ……

恐る恐る周囲を確認すると、案の定数人が驚いたような顔をして私達を見つめている。

これはマズい。

私は慌てて頬に触れている瑛の手を掴み、その手をテーブルの上に勢いよく置いた。

「ひっ、人が見てるから‼」

照れ隠しで瑛を見ずに言い放つと、向かいからぶっ、という笑いが聞こえた。

「初、顔真っ赤。照れたんだな。可愛いなあ」

「だっ……あんなことされたら誰だって恥ずかしくて顔赤くなるから！」

はっきりいってこんなの、周囲から見たらただいちゃいちゃしているカップルだ。それに気付いてからは、もう反論できなかった。

「もういい……言い争うのが馬鹿馬鹿しくなってきた」

「そうか？　楽しいからいくらでも付き合うぞ」

「そんなことしなくていいから。それよりも、他に挨拶する人とかいないの？　私お手洗いに行ってくるから、その隙にしてくれれば？」

瑛が周囲を見回している。

「挨拶か……」

「いないの？　挨拶したい人」

「うーん、まあ、いるっちゃいるかな。今後仕事で世話になりそうっていうか、挨拶しといたほうが円滑に進みそうっていうか……そんな感じの人？」

私も瑛に釣られて周囲を見回すけれど、誰が何の仕事をしているかなんてさっぱりわからない。

でも、事務所を開業したばかりの瑛は、今が周囲に顔を売る絶好のチャンス。今後の仕事に繋がる可能性があるのなら、ここは私に構わずどんどん積極的に挨拶へ行くべきだ。

「じゃあ、いいよ。行きなよ。私ここにいるし」

挨拶に行くよう促すけれど、瑛の顔は冴《さ》えない。

「……それはそれで問題なんだよなぁ」

「なにが。私、どっかに行ったりしないよ？」

「そうじゃなくて。俺がいない間に、初に変な虫が寄ってこないかどうかを心配してる。言っとくけど、独身の男かなりいるからな？　誘われてもちゃんと俺がいると言えよ？」

なんだ、そんなことか。

――他にも綺麗な人はたくさんいるんだし、わざわざ私の所に来るもの好きな人なんかいないと思うけど……瑛って結構心配性なんだね？

クスッとしてから、瑛を見る。

「大丈夫だよ。ちゃんと婚約者がいるって言うから。それ以前に誰も来ないだろうしね？」

冗談めかしく言ってみた。こう言えば瑛も安心して挨拶に行くと思ったのに、意外にも瑛の顔は冴えない。

「……全く……お前、本当に自分のことわかってないんだから……」

なんだって？　と聞き返す前に、瑛が立ち上がった。

「分かったよ。手短に済ませてくるから。とにかく他の男に口説かれんなよ？」

「はーい。行ってらっしゃい」

――まったく、心配性なんだから……

瑛を見送って、私はトイレに行くために席を立った。

清潔感が半端ない女子トイレに感激しながら、用を済ませた。リップを直して出ようとしたとき、女子トイレの入り口で赤坂さんにばったり遭遇してしまった。

「「あ」」

さっきあんなことがあったせいで、お互いに少々気まずい。でもそこは私も赤坂さんもいい大人なので、顔を合わせた瞬間どちらからともなく笑顔になった。

「えーと、初さん？　でしたよね？　さっきはどうも」

「いえ、こちらこそ。先程は瑛が失礼なことばかり言って申し訳ありませんでした」

この赤坂さんという女性もなかなか失礼だったけど、瑛も負けないくらい失礼だった。そこんところは婚約者として、きっちりお詫《わ》びだけはしておかなくては。

まず先に私から頭を下げた。

そんな私を見て赤坂さんは萎えたのか、さっきとは違いすっかり表情が柔らかくなっていた。

「え……やあだ、初さんが謝ることないわよ！　さっきはその……私も結構失礼なこと言っちゃったからね……お互い様よ。ごめんなさいね」

そう言ってもらえるとこっちも助かる。
ついでにこの際だ。気になっていたことを聞いてしまえ。

「あ、あの。瑛がモテてたのはやっぱり本当の話なんですよね？」

私の方から瑛の過去を聞いてきたので、赤坂さんが意外そうな顔をした。でもすぐにふふっと笑い、私が気になっていたことを教えてくれた。

「そうよ、モテたなんてもんじゃ……同級生からも下級生からも上級生からも、他校の女子生徒からもモテたんだから。大学ではちょっとした有名人よね。文化祭でミスターにも推薦されたけど、本人が絶対に嫌だって言って参加しなかったって聞いたわ」

「あー……そういうの苦手そうですもんね、瑛。……あの、瑛って大学時代に彼女はいなかったんですかね？　絶対いましたよね？」

　こっちからグイグイ聞いてみた。すると、赤坂さんが気になっていたのは「それよ！」とばかりに私に手を向けた。

「私もそこが気になってたんだけど、瑛って大学時代女の子とデートはしてたみたいだけど、深い仲になった子っていうのが一人もいないっていう噂なのよね。私もあくまで噂レベルでしかしらないんだけど。なんせ本人が喋らないからわかんないのよ」

「……誰も、知らないんですか？　水岩さんもですか？」

「どうだろう。一度聞いてみたことはあるのよ。でも、そんなこと知らない、人の恋愛なんか探ってどうするって窘《たしな》められてそれっきり」

――へえ……水岩さんってそういう感じの人なんだ……瑛が慕ってる理由がなんかわかる。

多分水岩さんが誰にでも個人情報をペラペラ喋っちゃうような人だったら、きっと瑛は付き合っていないはず。そして、この場にも出席していないはずだ。

赤坂さんがお手上げ、という顔をする。

「瑛って私生活が全然見えなくて、ちょっとミステリアスだったというか……自分のことをあまり語らないけど、そこがいいっていう女子が多くてね。そこへきてあの顔とスタイルでしょ。モテないわけがないっていうか、もちろん私もいいなって思ってたけどね。……で、今日婚約者だっていって初さんを連れてきたからびっくりしちゃって。それに、瑛、初さんにベタ惚《ぼ》れじゃない？　見ててすぐに分かったわ」

「べっ。ベタ惚れ!?　瑛がですか!?」

言われたこっちがびっくりした。

「そうよ。腰に手添えて、あなたに気を使って、数秒に一度はあなたを見つめてる。それがベタ惚れでなくてなんなのよ」

「え……そ……それは……なんなんでしょうか……？」

――私的には、保護者みたいなもんじゃないかと思ってたんだけど。人からはそう見えるのか。

赤坂さんが困り顔でため息をつく。

「そうか。こういうのがいいんだな……私や他の女子みたいにガツガツ迫ってくるタイプは苦手なのよ、瑛は。初さんみたいに瑛の気遣いに気付かないくらいの女子の方が、あいつは付き合いやすいんだわきっと。こんなこと、瑛に思いを寄せていた女子達は誰も知らなかっただろうなあ」

「……そ、そうなんでしょうか？　ちょっと私にはよくわからないのですが……」

なんせ私、仮の婚約者ですから。瑛が思ってる事なんかなにも分からないのです。

なんて心の内を明かすわけにもいかないので、にへら、と笑って誤魔化してそのままトイレを出てきた。

――……つ、疲れた……会場から出れば多少休めるかと思ってたのに、全然休めなかった……

よろよろしつつ会場に戻り、元の席に座る。瑛はというとまだ立ち話の真っ最中で、戻ってくる気配はない。

私が離席している間に司会者が現れていて、この場を仕切っていた。どうやら景品が当たるゲームをするので、参加者を募っているところらしい。

――まあいいか、まだお腹空いてるし料理食べてようっと。

ビュッフェのコーナーに行って今度は違う料理を少しずつ皿に載せていく。ちょっと見ない間に違う料理やできたてほやほやのパスタもあって、私の胸が小さく躍った。

「わー、カルボナーラ！　美味しそう」

少量をお皿に盛って満足して席に戻ろうとした時だった。すぐ目の前にスーツ姿の男性がいてあわやぶつかりそうになるが、体を捩《よじ》って避けた。

「ああ、すみません。俺、邪魔でしたね」

男性がにこりと微笑む。

瑛と同じくらいの身長に、メガネ。微笑むと目尻が下がる笑顔からは、優しそうな人だという印象を私に与えてくる。

「いえ、そんなことは……」

「水岩さんのお知り合い？　それとも友野さんのお知り合いですか？」

「あ……っと、えっとですね、どっちかというと水岩さんの……なんですけど、私は直接知り合いというわけではないんです。連れが水岩さんの後輩で……」

「連れ？　後輩って……誰だろ」

メガネの男性の眉根が狭くなる。

——別に瑛の名前を出すことは問題ないよね？

「あの、七井瑛っていうんですけど……」

瑛の名前を口にした瞬間、男性の表情が変わる。

「七井さん!?　まじっすか!?　え、七井さんの連れ……ってことは……もしかして七井さんのこ、恋人、とか……？」

「え。……あ、まあ、はい……」

なんでこんなに驚くんだろう？　と激しく疑問に思う。

「そうなんだ……!!　あ、いや、七井さんってこれまで女性と付き合ってるっていう噂ほぼほぼ聞かなかったんでびっくりしちゃって」

「そ、そう……ですか……」

内容が内容だけに、この会話を掘り下げてもいいのか悩む。

恋人云々なんて思いっきりプライベートなことだし、本人に確認するならまだしも他人からっていうのは、なんだか瑛に悪い気がする。

敢えて早々に会話を終わらせ、会釈してこの場を去ろうとした。しかし、相手が「でも」と話を続けてきたので、慌てて足を止めた。

「七井さんが選んだ女性はどんな方なのか興味がありますね。何をされてる方ですか？」

「……ただの会社員ですが……」

「どういった職種にお勤めですか？」

会社員だけで済むかと思ったら、思いの他グイグイ来られる。

——この人……結構しつこいな。

「職種って……普通の……」

「あ、そうだ。よかったら名刺交換しませんか。俺も七井さんと同じ建築関係の……」

男性がジャケットの胸ポケットに手を入れたとき。背後からやってきた誰かの手が男性の肩に乗った。瑛だった。

「竹内《たけうち》。なにやってんだお前」

男性のことを竹内と呼び捨てにしたところを見ると、やっぱり瑛の知り合いだったか。

「あ、七井さん！　お久しぶりですね。今、こちらの女性が七井さんの恋人だって知って、びっくりしてたところです」

「それよりも初になにか用？　お前今、なに出そうとした」

明らかに機嫌が悪い瑛に、私が一番びっくりしている。

同時に瑛の剣幕《けんまく》に竹内さんも、完全に押され気味だった。

「なにって名刺ですよ。七井さんの恋人に失礼があっちゃいけないですからね」

「今お前、交換しようっつったろ。なんで俺の恋人の連絡先を知る必要があるんだよ」

竹内さんがバレた、と苦笑する。

「だって、彼女さん可愛いからつい……彼女さん、ういさんっていうんですか？　可愛い名前ですね～なんかぴったり……」

竹内さんの視線が再び私に送られる。その視線がなんだかちょっと怖いというか、得体の知れないようなモノのような気がしてきて、つい瑛の陰に隠れた。

「そんなに怖がらなくても……じゃ、俺の名刺だけ渡しておくんで！」

竹内さんが私の方へ名刺を差し出す。が、今はお皿を持っているのでそれを受け取ることができない。

どうしようと固まっていると、横からスッと手が出てきて、その名刺を奪われた。

「これは俺がもらっておくから。お前、いい加減にしろよ」

私の代わりに名刺をもらった（？）瑛が、心底迷惑そうな顔で竹内さんを見る。

「ええ。七井さん持ってるでしょ。あとでちゃんと、ういさんに渡してくださいよ」

「やだね。……初、席に戻っていいよ」

瑛が軽く顎を上げ、私に行けと促す。その言葉に甘えて軽く会釈をして、この場から去る。

――な、なんだったんだろう、今の……

私にちょっかいをかけてきた竹内さんもよくわかんなかったけど、あからさまに不機嫌な瑛もよくわからなかった。

わからないことだらけのまま、席に戻ってちびちび料理を食べていると、瑛が戻ってきた。その表情は、さっきと変わらず不機嫌なままだ。

「あの……瑛？　さっきの人はどういった関係の方？」

ナイフとフォークを持った瑛が、ちらりとこっちに視線を寄越す。

「竹内圭祐《けいすけ》っつってあいつも同じ大学の知り合い。俺の一個下で、今はハウスメーカーで建築士してる」

「へえ……そうなんだ。でも、なんか瑛、あの人とあんまり仲良さそうじゃないね？」

「仲良くないからね」

あまりにもはっきり言うので、思わず無言のまま瑛を二度見してしまう。

「そ、そうなの？　でも向こうはそんな感じじゃなかったけど……」

——瑛の恋人に失礼があっちゃいけないって言ってたし。気遣う程度に瑛には敬意を払っている感じがしたけど……なんだかよくわかんない関係っぽいな。

男同士の友情はよくわからん。

瑛がふう、と肩の力を抜く。

「あいつはお調子者だから。あんまり構うとさらに調子に乗るんで、冷たいくらいでちょうどいいんだよ」

「そ、そういうもんなの？」

やっぱり男同士の友情はよくわかんないわ。

「それより、さっき竹内さんの名刺もらったでしょ？　見せてよ」

どんな会社に勤めていて、どういう肩書きを持っているのかを知りたいという、軽い気持ちでお願いした。

それなのに、瑛は「やだ」と言って名刺を見せてくれない。

「別に名刺を悪用したりしないよ。連絡取り合ったりとかもありえないし。なんでだめなの？」

「とにかくだめ」

瑛がじろりと私を見る。ほぼ、睨んでいるといっていい。

「なんでそこまで頑ななの……？」

「竹内、顔がいいから」

「は？」

――そ、そんな理由!?

確かに竹内さん、よく見ると顔立ちが整ってて、イケメンに分類されはするとは思う。でも、子どもの頃から瑛を知ってる私からすると、瑛がイケメンすぎてときめきもなにもなかった。

「別に顔がいいからどうとかって関係な……」

「あいつは顔がいいだけじゃない。女性と話を合わせるのが上手いし、気遣いもできる。タダでさえ初のことを気に入ったみたいなのに、名刺交換とかそんな危険なことできるか」

「危険て。私、二十八なんですけど……一応、ちゃんと自衛はできるから。しかし、瑛の中の私って一体いくつなの？」

「初は俺の中で何年経っても昔から知ってる初でしかないから。とにかく、お前に変な虫がついたら竜也になんて言って詫びたらいいか。俺の気持ちも考えろ」

瑛の中で私は何年経っても初のまま。

その言葉が、ちょっとずっしりきた。

――それは、どういう意味……？　瑛の中では、ずっと出会った頃のように子どもってことなのかな……？

でも子どもに婚約者のフリとか頼む？　ていうか本当に昔のままだっていうなら、セックスしたことは瑛の中でナシってこと？　でも、この前セックスした仲だってはっきり言ってたし……

しかも再会してからもう二回もキスしたんですけど？

瑛の言っていることが理解できなくて、胸がモヤモヤする。モヤモヤしすぎて食べているものの味がよくわかんなくなってきた。ついでに周囲の雑音も全然耳に入ってこなくなった。

「……初？　どうした？」

皿を見つめて固まっていたら、瑛が声をかけてきた。どうやら心配されているようだ。

「……いや、別に……なんでもない。とにかく、竹内さんのことは気にしなくていいから。名刺も……もういいや」

返して、なんて言ったらまたなんか言われる。どうせ瑛と口論したって勝てるわけがない。なんだかもう全てがどうでもよく思えた。

——この場は料理を楽しむだけでいいや。とはいえもうだいぶお腹いっぱいになってきたんだけどな〜。いつまで続くんだろ、これ……

さっき参加者を募っていたゲームは、二人の出会いは何かを当てるというもの。はっきり言って参加者はみんなテキトーに回答していたのだが、その中の誰かがたまたま答えを当てたらしく、賞品として高級鍋セットの引換券をもらって喜んでいた。

「へえ。高級鍋セット……」

「なに、欲しかったの？」

　何気なく呟いたら、それにすかさず瑛が反応した。

「ううん、特に。でも、高級お鍋を自腹で買うのって結構勇気がいるじゃない？　だから、もらえたら普通に嬉しいなーって。あ、もちろん私の場合ね。料理しない人が鍋もらってもどうしようもなくて困るだろうけど」

　瑛から料理に視線を戻し、再びフォークを握る。

「鍋欲しいなら買ってやるけど。なんならこのあと買いに行くか？」

「いやあの、そういうことを言ってるんじゃないんだけど……あくまでもらうから嬉しいんであってね？　別に瑛に買ってくれってたかってるわけじゃないんで」

　どんな解釈だよ。と思わず笑ってしまう。

　でも、なぜか瑛がずっと食事そっちのけで私ばかり見ているので、非常に食べにくい。

「……私、デザートもらってくる。瑛は？　なにか食べる？」

　場が持たないので席を立って料理を取りに行くことにした。瑛はさっきからコーヒーやサラダ、お肉をちょこっと食べたくらいで、どう考えてもお腹が満たされたとは思えない。

「んー……じゃあ、ガトーショコラ持ってきて」

「あ。了解」

ガトーショコラと聞いて少しだけ懐かしい気持ちになった。

——そういや、瑛って昔から甘い物苦手だけど、ガトーショコラだけは食べられるって言ってたなあ……変わってないんだな、そういうとこ。

スイーツビュッフェのゾーンに移動し、皿にガトーショコラとホイップクリームを載せながら、昔を思い出して顔が笑ってしまう。

しかし、ガトーショコラを見ていたら、瑛がバレンタインデーにあり得ないくらいチョコレートをもらっていたという兄の話を思い出して、すぐに真顔になった。

——モテ男め……

デザートを食べながら、水岩さんの話や婚約者さんの話を聞いたり、友人達からのお祝いスピーチを楽しく聞いているうちに、私達がここに到着してから二時間近くが経過していた。

「そういえばこの会っていつまで……？」

ふと感じた疑問を口にしたら、瑛がこちらを見た。

「とくに時間は決まってない。水岩先輩が終わりって言ったら終わりなんじゃない？」

「……そんな軽い感じなの？」

「まあね。これってただのお披露目《ひろめ》パーティーで結婚式じゃないし。多分、結婚披露宴は日を改めてやるはず」

「そうなんだ……お金持ちの考えることはよくわかんないや……」

こんなの一回こっきりでいいって思っちゃう私がドライなのだろうか。

友人達と談笑している主役二人を眺めながらぽかーんとしていると、瑛が椅子から立ち上がった。

「ま、さすがにもういいだろう。先輩達に挨拶して、俺たちは帰ろうか」

「あ、うん……」

瑛のあとについて、水岩さん達に挨拶をしに行く。

水岩さんは「もう帰るのかよ！」と寂しそうな顔をしたけれど、すぐにまたなんかあれば連絡寄こせよ、と瑛の肩を叩いていた。

「ありがとうございます。では、先輩末永くお幸せに」

瑛が会釈したので、私もそれに合わせて会釈と、お幸せにと一言付け加えた。

嬉しそうに微笑んでくれた二人にほっこりしながら、会場をあとにした。

やはり会場にいる間は緊張していたのだろう。出た瞬間、どっと気が抜けて頭が真っ白になった。

——終わった……お腹はいっぱいだけど、気力が……

いわゆる気疲れというもの。できるかぎり早くパンプスとストッキングを脱いでダラダラしたい。

「……初……顔。緩んでるぞ」

会場から出てすぐ、私の顔を見た瑛が可笑《おか》しそうに肩を揺らす。

「えっ。わ……わかる？」

「わかるに決まってるだろうが。でも、お疲れ。ありがとうな、初対面の人ばかりで気を遣う場所なのに頑張ってくれて」

「そうだよ！　完全アウェーなんだから、気を遣うの当たり前でしょ」

水岩さんはともかく、赤坂さんみたいな癖の強そうな人と二人きりになったりとかね。なかなかヘビーな空間だったことは間違いない。

「でも美味しい料理をご馳走になったし、それなりに楽しかったよ。なかなか普段入らない、今人気の結婚式場の中に入ることもできたし。ありがとね」

　これは本心。

それにここの料理を食べて美味しいということも知ることができた。これはこれで収穫である。

――レストラン、ランチやディナーもやってるみたいだし。今度友人を誘って来てみようかな。

私が笑顔でお礼を言うと、さっきまで少々申し訳なさそうな顔をしていた瑛の表情が緩んだ。

「そうか。そう言ってもらえてよかったよ。で、このあとなんだけど」

「あ。食事とか無理だから！　私もうなんにも入んないし」

慌てて食事は無理、と手で瑛を制した。でも、瑛が「いや」とそれを否定した。

「そうじゃなくて。俺の部屋に行くか？」

瑛の車に乗り込むまさにその瞬間に言われ、えっ？　と声が出てしまう。

「なんで瑛の部屋？　私、もう帰るんだとばかり……」

普通に考えてこのまま帰ると思い込んでいたのに。なんでまた、わざわざ緊張する場所に行かねばならんのだ？

　ハンドルに手を置き、エンジンをかけた瑛が私を見ずに話し出す。

「一応。俺がちゃんとこっちに住んでいるという証拠をお見せしようかと」

「証拠って。別に疑ってはないけど」

「初はそうかもしれないけど、親がさ」

　ちらっとこっちに視線を送ってきた瑛が、ため息をつく。

「一応こっちに拠点を構える条件として、職場と住居は分けろって親に口酸っぱく言われたんでね。その証人として、初には見せておこうかと」

「なんで住居と分けなきゃいけないの？　職場が一緒なら便利なんじゃないの？」

　近ければ通勤する必要だってないし、むしろいいことなのでは……と思ったのだが、どうやらその辺は瑛独自の理由があるらしい。

「住居兼オフィスだと、俺ずっと仕事しちゃうから。あと、これは初の前で非常に言いにくいことなんだが」

　瑛が口ごもる。

　――言いにくいって、なに……あ。

　もしかしてと、頭にあることが閃く。

「女がらみだな」

瑛がじろっと私を睨む。

「言い方。……まあ、そうなんだけど。実は以前、父が経営する建設会社の休憩室で昼寝してたときな。なんか体に重みを感じて目を開けたら、上に従業員の女性が乗ってて」

「はあ!?」

予想外の展開に思わず大きな声が出てしまった。

「未遂だけど。俺も驚いて飛《と》び退《の》いて、相手も出来心だって謝ってくれたんだけど、それ以来職場で昼寝とかできなくなって。だからつまり、職場と住居が一緒だと体が全く休まらないっていうね……」

そんなことがあったなんて、普通にびっくりした。

「そりゃーそんなことがあれば仕方ないよ。だからご両親が心配してそういう条件出したの？」

「そう。事務所内に住居スペースを作ったとしても、そんな過去があるから俺が休まるはずないって。だからケチらずちゃんと部屋は別で借りろと。それができないのなら、こっちで事務所出すことに賛同はできないってね」

瑛が肩を竦《すく》める。

というか、私が一番気になったのはやっぱり。

「寝込み、襲われたんだ……」

どんだけモテるのよ、瑛……

「あのー、まさかとは思うけど、新しい事務所に寝込みを襲ってきた女性はいないんだよね」

「当たり前。ついてきたいって言われても断るよ。その人は俺を襲ったあと、居づらくなってすぐ辞めた。噂だともう結婚したらしいよ」

「そ、そうなんだ……」

それを聞いてちょっとホッとした。

でも、女性の方から寝込みを襲ってくるなんて。きっと瑛のことが好きすぎて、衝動を抑えられなかったんじゃないかな。

なんて考えてたら、私も似たようなものじゃないかと気付き、いたたまれなくなる。

――そうだった……抱いてくれって迫ったのも同じようなものじゃんか……

なんだか瑛に申し訳なくなってきて、彼の方を向けない。

「初？　どうした」

私が無言で窓の外を見ていたら、変に思ったらしい。

「いやあの、瑛、ごめん……私も昔、瑛に似たようなことしちゃったから……」

本気で申し訳なく思って、瑛に向けて頭を下げた。

こんなことで許してもらえるとは思っていない。でも、私が彼のトラウマになっていたらと思うと耐えられなかった。

「初が謝る必要はないって」

瑛の声は、どこか弾んでいた。

「でも……状況はちょっと違うけど、強引に迫ったのは同じだし」

「いや全然違うだろ。初は俺の意思を無視してなんかない。俺は自分の意思でお前を抱いたわけで、寝込みを襲われるのとは状況が全く違う。だからお前が気にする必要はないってこと」

最後の一文をはっきり言われて、少しだけ胸のモヤモヤが取れた。

「そうなの？　……本当に？」

念押ししたら、車を発進させながら瑛がちらりとこっちを見た。

「当たり前だろ。じゃなかったらわざわざお前に会いに行ったり、こうして婚約者のフリを頼んだりなんかしてない」

「それもそうか……」

瑛本人がこう言っているのだから、気にしなくていいのか。

――でも、寝込みを襲われたことがトラウマになるくらいなのに、私に迫られたことは気にしていないだなんて。それって、私にとって都合よく考えると、迫られたことが嫌じゃなかったと解釈できる……ような……？

迫られたのは嫌ではなかった。つまり、瑛も私のことを好きだった、とか。

「……」

いや。それはあまりにも私にとって都合が良い解釈だ。

だったら翌日御斎でうちの母に恋人の存在を打ち明けたのはなんだったのだ。直接接することはほぼないうちの母にわざわざ嘘をつく必要なんかないはずだから。

考えれば考えるほど、頭の中がごちゃごちゃしてくる。

考え事をしていると、瑛に話しかけられた時にしっかりとした反応ができない。なので考えるのは一旦中止。その間に、瑛は彼の事務所がある街に向かって順調に車を走らせていた。

四、八年前の真実

事務所があるビルからそう遠くない場所にある、七階建てのマンションが彼の住まいらしい。

「事務所を決めてから急いで近くにある部屋を探したから、あんまり広くないけどな」

近くに借りているという駐車場に車を停め、歩いてマンションまで移動することに。

「ふうん……でも、瑛《てる》が一人で住む分には問題ないんでしょ？」

「まあ」

「そこって私の部屋より狭い？」

なぜか隣を歩く瑛が黙る。

「……広いのね？」

「まあ、ちょっとだけな」

ちょっと、なんて言うから本当に私のアパートより少し広い部屋を想像していたのに、実際瑛の部屋に行ってみたら全然違った。うちの倍以上あった。

「ちょ……ちょっとお!!　言ってたことと全然違うじゃないの！」

そこはマンションの最上階で、前の住人であるこのマンションの所有者が住んでいた部屋なのだという。

二ＬＤＫで、リビングは私の部屋とは比べものにならないほど広い。まだ家具は揃《そろ》っていないので閑散としているけれど、リビング以外の一部屋は寝室、もう一部屋は書斎として使っているらしい。

「とりあえず、座るところないけど座ってて」

「どこに……」

ソファーや椅子がないので、床以外に座る場所がない。とりあえず床にぺたんと座り込んだ。

――ストッキング脱ぎたいわー……でもここで脱ぐのはさすがに瑛に申し訳ないか。

ぼーっとしていたら、瑛が温かいお茶をマグカップに淹れて持ってきてくれた。トレイを床に直《じか》置きし、自身も床に座り込んだ。

床が冷たいかと思いきや、床暖が入っていて温かかった。やばい、本気でストッキングを脱ぎたくなってきた。

「あのー、瑛。ひとつお願いがあります」

もじもじしながら瑛を窺う。こんな私の様子を、彼が怪訝《けげん》そうに見つめてくる。

「え、なに。初《うい》にお願いされるのなんか怖いんだけど」

「いや、大丈夫。至って普通のお願いだから。……あの、ストッキング脱いでもいい？」

まさかこんなお願いをされるとは思わなかったのだろう。瑛がガクッとする。

「……いいけど。そんなこと聞かなくていいのに。自由にしな」

　彼からお許しがもらえたので、ありがとう！　とお礼を言ってからいそいそとストッキングを脱いだ。もちろん、瑛に背を向けて、だけど。

「あーー……やっと脱げた。すっきりした」

　ストッキングをまとめてバッグに突っ込む。

「ストッキング嫌いなの？　普段仕事で履いてるんじゃないのか」

「うち私服なんだ。パンツスタイルのときに履くのは、膝下までのヤツで……あ、もちろん履くのが嫌いとかじゃないから。仕事なら我慢するけど、プライベートだとあんまり履きたくないんだ。なんか感触があんまり好きじゃなくて」

　なぜか瑛がじっと私を見ている。

「もしかしてそのワンピースも脱ぎたいとか？」

　脱ぐ、なんて穏やかじゃない単語が出てきてドキッとする。

「えっ。いや、まあ、早く脱ぎたいけど。でも私、着替え持ってきてないし……」

「俺のジャージ貸そうか？　服は脱いで紙袋に入れて持って帰ればいいだろ？」

「て……瑛のジャージ？　でもサイズがあまりにも違い過ぎて……」

「大きい分には問題ないでしょ。待ってろ、探してくる」

「えーっ!!　いいのに！」

私が遠慮しているにもかかわらず、瑛が立ち上がり、リビングを出て行ってしまった。

――な、なに？　ここで着替えろっていうの？　ジャージに～!?　……まあ、楽だからいいけどさ……

でも帰る時に外に出なきゃいけないってこと、瑛わかってるのかな。

モヤモヤしながらも、瑛が淹れてくれたお茶を啜《すす》りながら彼が戻ってくるのを待った。すると、彼が出て行ってから数分後。手にいくつかの紙袋を持ち戻ってきた。

「え。そんなにあるの？」

パッと見ただけでも、瑛が数種類のジャージを持っていることがわかる。

「仕事が煮詰まるとランニングしたり、ジムに行ったりしてたから。パンツはハーフパンツならお前でも穿《は》けるかなと」

床に広げられたジャージはどれもスポーツブランドのものばかり。それに彼が言うとおり、ハーフパンツでウエストを絞れるものなら私でも問題なく穿けそうだ。

「ありがとう。これなら大丈夫そう」

「ここで着替える？　それとも洗面所行く？」

「……洗面所に行く」

瑛の冗談をスルーして、ジャージの上下と紙袋を手に洗面所に移動した。

ドアが開いているのでバスルーム内がよく見える。シャンプーとボディソープのポンプだけがポン、と置かれた浴室内はさっぱりしている。大きな浴槽は、私のアパートよりもかなり広くて羨ましかった。
黒いジャージの上下に着替えて、今まで着ていたワンピースは皺《しわ》にならないよう丁寧に畳んで紙袋に入れた。

――ジャージ借りてよかったかも。めちゃめちゃ楽だし……さっき勇気を出してストッキング脱いでよかった。

楽になりたいのが一番ではあった。でもそのほかに、ジャージに着替えたのはもう一つ理由があった。

――だって、できる限り瑛の前では女を消したいから……

自意識過剰だってことはわかってる。もしかしたら瑛はなんとも思っていないかもしれない。でも、女らしい格好で瑛の前にいたくない。瑛に女であることを意識してほしくない。

それはなんというか、また間違いを犯したくないという自分の中にある防衛本能が働いているような状況だったりする。

いや、私と瑛の場合、防衛するのは瑛の方かもしれないけれど。

それでも八年前に一時の感情であんなことをして、そのあと数年にわたって後悔するという経験をした身からすれば、これは過剰でもなんでもない。必要なことなのだ。

とはいえ、ドレッシーな格好からジャージに変わったとしても、私と瑛が男と女であることに変化はないのだが。

着替え終えてリビングに戻ると、瑛がさっきのパーティーでもらった紙袋の中身をキッチンに並べていた。

一応一人一つずつもらったので、私の分もある。まだ中を確認していないので、中に何が入っているかは知らない。

「何が入ってたの？」

髪をゴムで纏めながら瑛の手元を覗き込んだ。

「グラスだな。ペアグラス。あと、あそこのレストランで作ってる焼き菓子」

瑛が手にしているグラスが入っていた箱。そこには、私でも知っている高級ブランドの名前が記されている。グラス一つでもかなり高額のはずだ。

——げっ!!　こんな高いものを皆にくれたの!?　お金持ちってすごい……

呆気にとられながらグラスを見つめてから、今度は焼き菓子に視線を移す。マドレーヌやフィナンシェ、カヌレ、ダックワーズなどの詰め合わせ。さっきのビュッフェで食べたスイーツはどれも美味しかったので、味は間違いなく美味しいはずだ。

「わー。こんなにたくさん……！　嬉しい～」

喜ぶ私に反応してか、瑛が私を見る。

「そんなに嬉しいのか。じゃあ、俺のもやるよ」

「いいの？　そういえば瑛は甘い物好きじゃないもんね。でも、事務所に持っていけば女性が喜びそうじゃない？」

私としては気を遣ったつもりだった。でも、瑛は静かに首を横に振った。

「いい。初にやるよ」

「え、あ。……じゃあ、いただきます。ありがとう……」

食い下がる気にもならなかったので、ここは素直に厚意を受けることにした。

お茶も飲んだし、着替えもした。瑛がこの部屋に住んでいるのはしっかり確認したし、私なりにここへ来た目的は果たした……つもり。

「あの。瑛？」

床に座ってお茶を飲んでいる瑛に、改まって声をかけた。

「ん？　なに」

「なにって、私そろそろ帰ろうかなと……お、送ってくれるんだよね？」

さすがにジャージにパンプスというアンバランスな格好で公共交通機関を利用するのは、少々恥ずかしい。

さっき送ってくれるって言っていたし、それを信じて訊ねた。

瑛が笑顔でカップを床に置く。

「もちろん。ちゃんと送っていくから心配しなくていい。このままここから一人で帰れとか、俺が言うわけないだろ」

「そっか、よかった」

ホッとしてわかりやすく胸を撫で下ろしていると、瑛の口元に不敵な笑みが浮かぶ。

「その前に、俺がすぐ初を帰すと思った？」

「え……」

どういう意味？　と彼を見つめる。瑛が、すすすと座ったまま私に近づいた。

「ずっと逃げられてた初と俺の部屋で二人きり。この状況に俺が何もしないってありえなくない？」

瑛の手が私の頬に触れる。

――え、それってどういう……もしかして……

「あの、私……もしかして、ここで瑛に襲われちゃう……？」

頭に浮かんだことを素直に口にしたら、瑛がぶっ、と堪えきれず噴き出した。

「襲うって。さすがにお前が嫌がることはしないよ」

瑛が近づき、もう片方の手も頬に触れ、顔を両手で挟まれる。

これってなんの意味があるの？

「あの、瑛……なにして……」

「俺さ。忘れられないんだよ」

「なにを」

「お前を抱いたあの夜のこと」

ビクッと体が震えた。それと同時に瑛と目線を合わせたら、もう逸らせなくなった。

「瑛」

「お前、あの夜以上に気持ちが高ぶったことあるか。幸福だって実感したことはあるか。……俺は、正直言ってない。あの夜が自分にとって最高に幸せな夜だった」

真顔で迫る瑛を、すんでのところで手で制した。

「ちょ、ちょっと待って。だって瑛……あのとき恋人いたんじゃないの？　それなのにそういうこと言うのは……」

ずっと気になっていたけど言えなかったことが、するっと口から出てきた。これに対して瑛はどう答えるのか。ドキドキしながら返事を待つ……が。

瑛は眉根を寄せ、怪訝そうにする。

「俺、あのとき付き合ってる人なんていなかったけど」

「え？」

予期していない答えに頭が真っ白になった。

――いない……？　でも、あのとき母に付き合っている人がいるって言っていたのは、間違いなく瑛の声だったはず……

「で、でも……」

「嫌なら突っぱねろ。嫌じゃないなら黙って」

――突っぱねろって言われても……

そんなことできない。だって、瑛に触れられるのは嫌じゃないから。突っぱねることができないなら、黙るしかない。それを了解とみなしたのか、瑛の顔が近づいてくる。

くる、と思った時にはもう唇が触れていた。

――やばい。これ、この流れって……

「て、瑛、まっ……」

顔を背けて瑛から逃れようとした。でも、顔を手で挟まれているので、逃げられない。やっと距離を取ってもすぐに瑛が追いかけてきて、また口を塞がれてしまう。

「ん……!!」

深く口づけられ、すぐに舌を絡め取られる。激しいキスに翻弄され、思考する間すらない。

瑛の手が後頭部と腰に添えられ、唇が離れたかと思えばまた触れあう。それを何度か繰り返しているうちに、もう抵抗する元気もなくなった。

それどころか、私の体にはある変化が生まれていた。

下腹部に広がりだしたこの感覚には覚えがある。あの夜と同じだ。瑛を欲して疼《うず》く、あの感覚。

その証拠にもうショーツが濡れ始めている。

「……初。どうする。嫌なら止めるけど」

唇を離した瑛が、耳元で囁く。

その言葉に内心、ムッとした。

——ずるい。こんなにしておいて、止められるわけがないのに……

瑛のシャツを掴みながら、彼の胸元に顔を突っ込んだ。

「………やめない。……もっとしたい……」

こんな状況にしておいてこれで終わりだなんて、そんなの絶対耐えられない。

恥ずかしいけど本音を明かしたら、私の腕を掴んだまま瑛が立ち上がった。

「わかった。おいで」

瑛に腕を引かれ、リビングを出た。向かったのは彼の寝室だ。真っ暗だったその部屋は、おそらくダブルのベッドがあるだけのシンプルな空間だった。

そのベッドに腰を下ろすや否や、忙しなく唇を食《は》まれる。同時にジャージの上から乳房を優しく掴まれ、掌全体を使って揉《も》み込《こ》まれる。

「……っ、て、瑛……」

「なに」

首筋に吸い付かれたあと、今度は耳朶《じだ》を食まれる。耳のすぐ横で喋られると、その低音ボイスに腰がゾクゾクした。

「瑛は、もしかして私のこと好きなの？」

「好きだよ」

あっさり肯定されて、二の句が継げない。

「……っと、あの……それっていつから……」

「ずっと前から」

またあっさり答えが返ってきた。

「それって、具体的にいつから……」

「そんなのわからん。少なくとも、八年前のあの夜はお前のことが好きだから抱いた」

「て……」

「もういいだろ。抱くぞ」

腰に触れていた瑛の手が、ジャージの上からブラジャーのホックを外した。

「ちょっと……！」

もっといろいろ聞きたいのに！　という私の希望は受け入れられなかった。

ジャージと一緒にブラジャーもインナーも脱がされ、あっという間に半裸になった。

瑛は乳房を両手で激しく揉みしだくと、顔を近づけ先端を口に含んだ。

「んっ……！」

口に含んだ乳首を、瑛が丁寧に舐め転がす。舌全体を使って舐めたあとは、先端を使ってノックするように刺激を与えられる。ざらりとした感触も、乳首の先端への愛撫も、どちらも私の快感を存分に高めていく。

「あ……っ、や……っ……ン」

舐めていない方の乳首は、指で丁寧に愛撫されている。二本の指を使って摘まれたり、軽く引っ張られたり。指の腹で転がされると、それだけでビリビリとした快感が腰の辺りに広がっていった。

——やばい……気持ちいい……これだけでイケちゃう……

自分の呼吸が荒くなっているのはもちろんだが、瑛の呼吸も荒くなっている。これって、私で興奮しているということだろうか。

この事実にキュンと下腹部が疼き、じゅわりと蜜が溢れ出した。

「初」

このタイミングで名前を呼ぶなんて反則だ、と心の中で思った。その間に瑛が腰に手を添えながら、私をベッドに倒す。

普段瑛が使っているであろう布団から彼の香りがして、それだけで興奮しちゃう私は、やっぱり瑛が好きで好きでどうしようもない。きっとこれは、この先もずっと変わらないのだと思う。

——なんだかんだで、結局瑛のことを嫌いになれない……私って……

八年も時間があったのに、結局全部ムダだった。

そんなことを考えているうちに、瑛によって穿いていたジャージとショーツが脱がされていた。

「あっ……ンっ」

さっきまで乳房を愛撫していた指が、今は股間にある。繁《しげ》みの奥にある蕾《つぼみ》を愛撫しているそれは、そこと蜜口を何度も往復し、私の感じる場所を探っているようだった。

「やっ……瑛、なに……」

「んー……お前の好きなところ、どこかなって」

「どこって」

「ここも好きみたいだけど、下はどこかなと」

ここも、と言って瑛が乳首をきゅっと摘まんでくる。それに反応して体がビクン！　と揺れると、彼が嬉しそうに微笑んだ。

「悦《よろこ》ばせたいから。……こっちは、どこが好き？」

蜜口に入れた指を前後に動かしながら、訊ねてくる。

「や……、やだ、そんなの……わかんない……」

「初、ここ狭いな。……もしかして、八年間なにもない……ってことはないか」

これに対しては無言を貫く。

すると瑛がその意図を察したのか、少々不機嫌になった。

「初、何人と寝たの」

「……い、言わない」

瑛から顔を背けた。でも、これだけじゃ終わらなかった。

「言わないと挿れてあげないよ？」

じゅぶじゅぶと指を動かしながら、瑛が微笑む。一見笑っているけれど、目が笑っていない。

「なっ……やだ、言わない！　瑛だって私以外の人としてるでしょ!?　私だけ言わされたらフェアじゃない……」

「俺はしてない」

「え？」

思わず真顔で彼を見る。

「俺、八年間誰ともしてないよ。初としたのが最後」

「嘘でしょ？」

「本当。もちろん、自分で処理はしたけど。八年前のお前を思い出して」

今聞いたことは全て夢なんじゃないか。

なんというか、頭がバグってしまって、なかなか現実だと受け入れられなかった。

「だ……だって、私、瑛は付き合ってる人がいると思って……だから、忘れるために他の人と付き合ったのに……」

「俺、誰とも付き合ってないけど。なんで誤解したんだ？」

「だって！　初めてした次の日、瑛、うちの母に言ってたじゃない！　ずっと彼女一筋とかなんとか……」

「それはお前のことだ」

――ん？

気がついたら瑛の胸を手で押さえていた。

「ま、待って。それってどういうこと？」

瑛が一旦私から指を引き抜き、はーん、と頷く。

「読めてきた。あれを彼女がいると誤解したのか……。勘弁してくれよ、そのせいで俺がどれだけ落ちたと思ってんだ」

指を舐めながら、軽く私を睨む。

「落ちたのは私だって同じだよ！　だから、その……一体どういうことなの？」

「お前、ぜんっぜんわかってないな。あんなご近所さん達が大集合した場で今フリーです、なんて言ってみろ。すぐ誰々の娘を紹介してやるだの、見合いはどうだだの、バカみたいにそういう話を持ってこられるんだよ。それを回避するためにああいう言い方をしたのに、なんでお前がそれを誤解するかな……」

「それはこっちの台詞だから！　だったら事前にそう言ってくれればいいのに！　お陰でもう瑛に会えないって思い込んでたのに……」

ずっと言えなかったことを白状して、瑛と見つめ合う。

――ていうか、私全裸だしこんな状況で何してんの、私達……？

「もういい、わかった」

瑛がシャツのボタンをいくつか外し、頭からシャツを引き抜く。そしてベルトを外し、スラックスの前を寛げた。

「とりあえず、抱く」

ベッドサイドにあるテーブルの引き出しの中から避妊具を取り、素早くパッケージを破る。ていうか、なんでそんなところにあらかじめ避妊具が用意されているのか。そのことに驚いたけれど、言及する暇はなかった。

避妊具を身に付けた瑛が、今まさに私の腰を掴み、固く反り返った屹立を私に宛がっているところだったからだ。

「ンッ！　……あ……」

入ってきてすぐに八年前の夜が頭に浮かんできた。あのときと同じだと、息を呑んで瑛を受け入れた。久しぶりで少々の痛みはあるけれど、それよりも瑛とまたこうして繋がれている事実が嬉しくて、夢なんじゃないかと疑ってしまう。

——瑛が……いる。私の中に……

「初」

ベッドに腕を縫い止められた状態で、瑛と視線を合わせる。なぜか瑛の表情が苦しげに歪む。

「……え、なに……？　もしかして、キツい……？」

「違う。……いや、違わなくもない。ちょっとキツい。でも、それより……」

瑛が組み敷いていた手を解き、私の体を両手で抱きしめてくる。

「初とこうしているのが嬉しい」

耳元で囁かれた瞬間、ジワジワと喜びが湧き上がった。気がついたら、瑛の背中に手を回し、抱きしめ返していた。強めに。

「そんなの……私だって嬉しいよ……」

至近距離で見つめ合い、どちらからともなく唇を寄せ合って、キスをした。もちろんこれまでだって瑛とキスをするときはドキドキした。だけど、お互いの気持ちを確認し合ってする初めてのキスは、これまでと比べものにならないくらいドキドキした。

それと同時に湧き上がるのは、幸福感だ。

やっぱり瑛とのキスは、誰とするよりも緊張するしドキドキするし、幸せだ。

もちろんそれはキスだけではなく、セックスも同じだった。

「あっ……あ、あん、あ……っ」

ゆっくり腰を退いて、打ち付ける。この動作を繰り返されるたびに、私の口から甘い声が漏れ出る。

瑛は、そんな私を見下ろしながら、恍惚《こうこつ》とした表情で私を穿《うが》ち続けていた。時折天を仰ぎ、前髪をはらりと垂らしながら下を向くその顔は、苦悶《くもん》に満ちている。

「……っ、やば……俺、あんまりもたないかも……」

「イくの……？　いいよ、イッて……」

揺さぶられながらの私の返しに、瑛が苦笑する。

「いや、まだ初をイかせてないのに、俺だけ先にイクわけにはいかん」

「は⁉　……っ、そ、んなの、いいのっ、にっ……！」

会話している間も抽送は続いているので、途切れ途切れの返しになってしまう。

「だめ。俺がいやだ」

どんなこだわり⁉　と突っ込みたい気持ちだったけど、今はそれどころじゃない。激しく突き上げられて息も絶え絶えの中、瑛の手が繁みの奥にある敏感な蕾に触れた。

気を抜いていたせいで、思いっきりビクッとしてしまう。

「ひゃっ……‼　な、なに……」

「初、ここ好きだろ」

「……す、好きって……あ、いやっ！　……だめ、そこっ」

私の中をぐりぐりと円を描くように屹立を動かしながら、同時に蕾を指で愛撫してくる。指の腹を使って優しく撫でられると、気持ちよすぎて子宮がきゅっとなる。すると瑛が苦しそうに「うっ」

と声を上げた。

「やっべえ、まじで」

「う、あ、ごめ……」

「でも今のは仕方ない。耐えるから、もっと気持ちよくなれ」

そう言うと、瑛の愛撫はより激しくなった。指で蕾を押しつぶすように撫でられると、強い快感が全身を駆け巡って、体が熱くなってくる。

――た……たまんない、これ……

奥を穿たれているだけでももう意識を保つのがやっとなのに、そこに愛撫での快感も加わって、頭が急激に白けてきた。

「あ……っ、だめ、だめ、いく……！」

私がぎゅっと目を瞑《つぶ》り、そのときに備えたのがわかったのだろう。抽送の速度が上がり、更に追い立てられる。

「いく、いくいく…………んんっ……!!」

気持ちよさが頂点に達したそのとき。じわじわと高まっていたものが一気に爆《は》ぜて、達した。

快感が高まっていたのは瑛も同じだったようで、腰を打ち付ける間隔が短くなり、強く私を穿ったあと、体を震わせながら倒れ込んできた。

「っ……は……」

自分の中で彼が震えたのがわかる。それが嬉しくて、瑛の体をぎゅっと強く抱きしめた。

「瑛、好き……」

まだ肩で呼吸をしていた瑛が、すぐに私を抱きしめ返してくれた。

「多分、俺の方が初のこと好きだと思う」

「どうして？　そんなのわかんないじゃん」

「……よく考えてみろ。八年間無視されてるくせに諦められない時点で、俺のヤバさがわかる」

首筋にちゅ、とキスをしてから、耳元で囁かれる。

「誰にも渡さないから」

瑛がこんなに独占欲を露わにしたのは、初めてではないだろうか。あまりに激しい束縛は少々怖さもあるけれど、不思議と相手が瑛だと思うと怖さは皆無でむしろ喜びしかない。

――瑛のことは言えないか。私もなんだかんだで八年間、瑛のことを忘れられなかったんだから……

よくよく考えれば八年前のあのことがある前からずっと瑛のことが好きだった。だから結局、一番やばいのは私かな、と思った。

「瑛も覚悟してよね。私、瑛から離れないから」

こんなこと言ったらぎょっとされるかなと思ったのに、瑛はむしろ嬉しそうだった。

「望むところだね」

うげ、と声が出るくらい強く抱きしめられた。痛いけれど、心地良い痛みに幸福感がどっと湧いてきて、しばらく瑛から離れられなかった。

思いが通じるということがこんなに幸せなことだと、身をもって知った。

五、兄の来訪と瑛の後輩

瑛《てる》の部屋に行き、八年ぶりに瑛とセックスをした。

ずっと騙されたと思い込んでいたのに、それが誤解だとわかると途端に気が抜けた。それと同時に八年もの間ずっと彼に冷たくしていたことが申し訳なくて、彼に優しくしたくなった。

『優しくしたい……って、どうやって？』

ベッドで何回か抱き合ったあと、彼の腕枕でまどろみながら今の気持ちを伝えたら、瑛にこう訊ねられた。

『ど……どうやって？　いや、こっちが知りたいんだけど。どう……したらいい？』

『んー……そうだな。別に、普通に接してくれればいいよ。あんまり優しくされても、なんか違和感あるし』

『そ、そうなの？』

――それってこれまで私が冷たくしすぎていたからでは……瑛にとってみれば、私は冷たいのがデフォみたいになってるんじゃないの？

こういう疑問が湧いたけど、瑛に確認する勇気もない。

でも実際、この八年瑛を避けまくって、会えばそっけなくしていたんだから仕方ない反応なのかも。自分がいけないんだから、これくらい我慢しなきゃ。


『まあ、とにかく側にいてくれればいいよ。俺はそれで満足』


なーーんて甘いことを言う瑛に、今の私は多分、メロメロになっている。

——幸せだ……

いつものように出社して、いつものように仕事をする。多分、傍から見るとこれまでとなにも変わっていない。でも、モニターを見つめていると、ふとしたときに瑛を思い出して、お腹の奥の方がキュンと疼いてしまう。

いや、仕事中なのにキュン。じゃないだろと慌てて自分を戒めていると、バッグの中にあるスマホが震えたのがわかった。

なんだろうと思い、休憩時間になってすぐに画面を確認してみる。メッセージの主は、兄だった。

【今夜お前の所に行くからよろしく。飯は買ってくから用意しなくていいよ】

——ん……？　お兄ちゃんがなんで……？

この間瑛を介してお土産はもらったのに、ほかにもなにか用事があるのだろうか。

でも飯を買っていくから、というのは素直にありがたい。そういうことであれば、定時で仕事を終え夕飯のことを気にせず真っ直ぐ帰ることができる。

お兄ちゃんありがとう。という気持ちで仕事を終え、まっすぐアパートに戻ることにした。

兄は地元に本社を置く企業に勤務しているのだが、こちらにも営業所がある関係で年に数回出張という名目で上京してくる。

そのたびに会っているわけでもないが、お互いの都合がつけば今夜のように兄がうちにやってくるか、外で待ち合わせをして一緒に夕飯を食べたりする。

これまではその際に、何度か兄の口から瑛の現状が語られたことがあった。でも、それに興味を示すと負けのような気がして、毎回興味のないフリをしてスルーしていた。

しかし、瑛と正式に恋人同士となった今、これまでのように興味のない素振りは必要ない。

むしろ、私が瑛に会わなかった八年の間に、一体何があったのかを聞くチャンスでもあった。

——なんて良いタイミングなのかしら。お兄ちゃん素晴らしいわ。

どこにも寄らず、アパートに帰ろうとしていたのだが、よくよく考えたら私の部屋にはお茶菓子の一つも無い。せっかく兄が来るのだから、それはまずい。

ならばと、帰り道の途中にあるパティスリーで兄が好きなシュークリームを買って帰った。

アパートに戻り、部屋着に着替えていつでもお茶が出せるよう電気ケトルでお湯を沸かす準備を万端にし、兄が来るのを待った。

大体何時頃になら帰宅している、というのを事前に兄に話していたお陰か、帰宅してから兄が来るまでにそう時間はかからなかった。

「よ。初《うい》のアパートに来るの、久しぶりだな」

玄関でにこにこと笑顔を振りまく新婚の兄、竜也。手にはでかい紙袋がある。

「確かに。ここに来るのは久しぶりだね。っていうか、なにそのでっかい紙袋」

「これ？　つーか、今夜はこれのためにわざわざお前に会いに来たんだよ。ほら、見てみろ」

「？　うん」

がさがさと紙袋の中から、さらに袋に包まれたものを取りだした。その袋に書かれたロゴを見た瞬間、ハッとする。

「え、ちょっと待って。これ、私が欲しがってたバッグじゃない？」

「そうでーす。この前の新婚旅行で買ってきたんだ」

袋からバッグを取り出す。それは私が前から欲しくて、兄が新婚旅行でハワイに行くと知った瞬間から何度となく買ってきてとお願いしていた、高級ブランドのバッグだった。

「うっそ～～!!　ていうか、今になってどうして？　買ってきてくれたなら、この前瑛に渡してくれればよかったのに」

兄がジャケットを脱ぎ、床に置いてあったクッションの上に座った。職場から直接来てくれたのだろう。スーツ姿の兄を見るのは久しぶりだ。

……結婚式での新郎の格好は別として、だ。

「いやいや、せっかく買ったんだから、これくらいは俺が直接渡したかったんだ。瑛にバッグを託したら、お前が喜ぶ顔を瑛しか見られないだろうが。あいつにばっかり良い役をさせてたまるか」

「うわ……嬉しい！　あ、お金ね？　いくらだった？　ずっと欲しいと思ってたからちゃんとそれ用のお金は用意してあるんだ」

「んー……じゃあ、半額でいい。せっかくだから、俺が半分負担してやる」

太っ腹な兄に、思わず「きゃー!!」と声が出てしまった。今この瞬間、兄から後光がさしているように見える。

お兄ちゃん大好き。

「ほ……本当にいいの!?　お小遣いなくならない？　大丈夫!?」

「お前……俺だってずっと働いてるんだからそれなりに貯蓄はあるんだって。それに……これは、お前と瑛がうまくいった俺からのお祝いだ。よかったなあ、やっと両思いになれて」

真新しい革のバッグを眺めながら、ピタッと思考が止まった。

――………ん……？

今兄が言ったことが頭の中でぐるぐる駆け巡っている。

「ちょっと待って。私と瑛が付き合い出したことを言ってる？」

「そう。おめでとう」

あっさりお祝いの言葉をくれた兄には申し訳ないが、反射的に待って、と手が出ていた。

「あの……待って待って。なんで、先週末のことをもうお兄ちゃんが知ってるの？　まさか、もう瑛が話した、とか……」

「俺が出張でそっち行くからって先週末瑛に連絡したんだ。そのときに、初と会ってなんか進展したか？　ってしつこく聞いたら、それっぽいこと言ったから。ああ、これはうまくいったんだなと察したわけだ」

「察し……あ、そう、察したのか……って、さっきやっと両思いになれて、って言ったじゃん！　てことは、お兄ちゃんはずっと、私達がそれぞれのことを思ってたって、知ってたの……？」

「うん」

「……!!」

さっきは喜びで叫んだけど、今度は驚きすぎて声が出ない。思わずバッグを抱いたまま、横に倒れた。

「そんなに驚くことかね。だってお前達わかりやすいんだもん。ずっと仲良くて、お前はへたすりゃ俺よりも瑛のことを慕ってたくせに、じいさんの葬式辺りから急に避けるようになっただろ？」

——うっ。見てないと思ってたのに、結構ちゃんと見てるじゃん……

どんよりとした顔のまま起き上がる。

「それを見てあー、これなんかあったなーって思ってたんだけど、お前は全然帰ってこないし瑛はあほみたいに仕事に没頭して誰からの誘いにも乗らなくなるし。俺がいろいろ詮索するのもどうかと思ってずっと放っておいたんだけど、さすがに俺も結婚したし、二人にも幸せになってほしくって。だから、初は嫌がるかと思ったんだけど、瑛にわざわざ土産を持ってってくれないかって頼み込んだんだよ」

「ほんと、あれはやられたわ……」

なんとか立ち上がり、電気ケトルのスイッチを入れた。お茶を淹れる前に兄にシュークリームを見せたら、おお！　と言って買ってきた弁当を渡してくれた。

「うまそ。弁当食ってから食べようぜ」

兄が買ってきてくれたのは、米沢牛《よねざわぎゅう》の名店がデパ地下で販売している牛丼弁当だった。兄が行ったデパートのお弁当ランキングでは常に売り上げ上位にいるお弁当で、二つ買ったら完売になったそうだ。

　お茶を淹れ、テーブルに弁当を置いて兄と向かい合う。

「でもさ、俺もこれは一《いち》か八《ばち》かの賭けだったの」

「へ？」

　パチンと割り箸を割って、いただきますをしてお弁当を食べ始める。

「俺がこれを初に持っていってくれないか、って頼んだ時、瑛は困ってたよ。俺、初に嫌われてるし。持っていっても喜んでくれないいんじゃないかってね。でも俺は、絶対瑛は初に未練があると思ってたから、そこをなんとかってごり押ししたわけよ。そしたら渋々承知してくれて……ってわけ」

ちょうど弁当のお肉を食べようとしていた私は、その箸を一旦止める。

「絶対瑛が私に未練ある、って……なんで？　根拠は？」

「結婚式の時、二人なんか話してたじゃん。深刻そうな顔で。あと、式の最中、瑛がお前のことばっか見てた。そんでお前は、絶対に瑛がいる方を見ようとしなかった。これって意識してるのと一緒だよな？」

「……なんで主役なのにそんなとこ見てんの？」

「草食動物並みに視野が広いんだ、俺」

別に兄は人より目が離れているわけでもない。これはただのジョークだと思う。

しかし、二人でいるところまで見られていたのは驚きだった。ちゃんと周囲を確認して、誰もいないと思い込んでいたから余計にちょっとショックだった。

「まあ、気付いてるのは俺くらいだから。親は気付いてない」

「そうであってほしいわ……このお肉美味しいね」

牛丼弁当のお肉はさすが米沢牛。柔らかくって、いい感じに味が染みてすごく美味しい。ご飯も美味しい。

「とにかく、お前のことを諦められなくて、わざわざこっちに事務所出したくらいだから。お前に対する瑛の愛は相当なもんだぞ。これは、自信持っていいと思う」

さすがにもう出てこないだろうと思っていたのに、最後にまた一つどでかい爆弾発言。

これをスルーするなんてさすがにできなかった。

「は⁉　わ、私の為⁉　嘘でしょ⁉　さすがにそれはお兄ちゃん考えすぎ……」

「いや、これは瑛に確認取った。そうだって」

真顔で言われて、肩の力が抜けそうになる。

「ほ、本当に⁉　信じられない……」

この前会った時はそんなこと言ってなかったのに。……今度会った時に聞いてみよ。

「そういうことだから、上手くやれよ。八年とかずっと思い続けてくれるような男、なかなかいないぞ？　しかもイケメンだしなー。お前、見る目あるな」

「……別に、私、瑛がイケメンだから好きになったわけじゃないよ。いつもうちに来ると、私にちゃんと挨拶してくれて、優しくしてくれたのって瑛だけだったから……」

　子どもの頃から、兄の友人がよくうちに遊びに来ていた。

　数人いる兄の友人が全員が優しくしてくれたわけじゃない。中には私に意地悪をする子もいたし、私の存在を無視する子だっていた。

　でも、瑛はいつもうちに来ると私の名を呼んで声をかけてくれたし、お菓子を分けてくれたりと誰よりも優しかった。だから、気がついたら瑛のことが好きになっていた。もちろん最初は異性だと意識はしていなかった。いつも家に遊びに来る兄の友人達の中に瑛がいると嬉しい。そんな程度だった。

そんな瑛が成長してあんなにハイスペックなイケメンになったのは、ある意味想定外というか、驚いたというか。もちろんイケメンなのはいいことだけど、それだけじゃない。

……ということが言いたかった。

けど、あまりここで瑛を褒めたり好きなところを話すと兄が調子に乗りそうなので、止めておく。

兄が買ってきてくれたお弁当を食べ終え、私が買ってきたシュークリームも食べ終えると兄は、

「じゃな。瑛と上手くやれよ！　そんでたまには実家にも帰ってこいよ」

こう言い残し、颯爽《さっそう》と去っていった。

お土産のバッグを持ってきてくれたのは本当に嬉しかった。兄が帰ったあと、袋から出してしみじみ眺め、改めて手に入った喜びを噛みしめた。

でも、勘ぐりすぎかもしれないけど、瑛とのことが気になり、私の様子を見に来たのではないか、と思ってしまった。

「まさかね？」

私と瑛のことなんか絶対気がついてないだろうと思っていた兄が、まさか全てを察していたなんて意外だった。

——もしかして、瑛はそのことに気がついてた……のかな。

なんだか今度会ったら瑛に確認したいことがたくさん出てきたな、とぼんやりバッグを眺めた。

未だに瑛と付き合い出したという実感はあまりない。

でも、この前瑛の部屋で過ごした甘い時間のことを思い出すと、途端に幸福感で満たされる。

――あんなに瑛を避けまくっていたのに、なんてチョロいのかしら、私……

でも、やっぱり私だって女だもの。好きだって言われたら嬉しいし、あんなに愛のあるセックスをされたら、相手のことをもっともっと好きになる。しかも相手が初恋の瑛だから尚更だ。

まさかこんなことになるとは思わなかった。でも、せっかく兄が繋いでくれた縁だ。無駄にはしたくない。

そういうわけで、来てもらうばかりじゃなく、なるべくこっちからも瑛に会いに行こうと、仕事を終えてから彼の事務所に向かった。

もう偽の婚約者でもないし、普通に業務時間外に恋人として顔を出すのは問題ないだろう。

念《ねん》の為《ため》瑛にはメッセージを送ったが、気がついていないのかいつまで経っても既読がつかない。

――忙しいのかな。最悪、差し入れだけ渡して帰ろうか……

この前は羊羹を買っていったけれど、今度は別の店で美味しいと評判のバウムクーヘンをホールで購入し、お土産にすることにした。

バウムクーヘンが嫌いって人、あんまりいないよね……と瑛の事務所近くまで来たときだった。

彼の事務所の前に男性が立っていて、事務所の中を覗いたり、周囲をうろうろしたりして、何やら怪しい雰囲気を醸し出していた。

――だ……誰……？

怪しい人に近づいて大丈夫だろうか、と足を止めて様子を窺う。すると、その男性が私に気づき、なぜか歩み寄ってくるではないか。

――えっ⁉　なんで？　こっちくる……

「ういさん！　でしょ⁉」

いきなり名前を呼ばれて、えっ？　となる。

男性は高身長で、黒縁のメガネをかけている。この顔、どっかで見たことがあるような……と、記憶の糸を辿《たど》る。

そうだ、この前の婚約披露パーティーで遭遇した男性だ。

「あ。もしかして竹内さん……でしたっけ？」

確か瑛が竹内圭祐、と名前を教えてくれたあの人だ。

私が名前を口にした途端、竹内さんの顔が安堵するように緩んだ。

「そうです！　覚えていてくださったんですね。光栄だなー」

「い、いえ……それよりも竹内さんこそ、よく私の名前覚えてましたね」

褒め返したら、竹内さんがふふん、と鼻を鳴らす。

「そりゃもちろん。七井さんの彼女さんで、しかも【うい】だなんて可愛らしい名前、忘れるはずないじゃないですか」

「あ、ありがとうございます……？」

喜んでいいのかな？　と困惑する。

それよりも、なんで竹内さんがここにいるのだろう。

「えーっと、竹内さんもこの事務所に用があるとか、ですか……？」

「あ、はい。さっき到着して、七井さんに声はかけたんですけど、今お客様がいらしてるみたいで、お前どっかで時間潰してろって言われちゃって」

「そうでしたか……」

――な、中で待ってろとは言わないんだ？

「なんだけどお茶も飲んだし、そろそろいいかなあって来てみたんですが、まだお客様との商談？が終わってないようでね。ここから様子を窺ってたんですよ」

なるほど、そういうことか。

でも、そうなると私が今入っていくのも仕事の邪魔になる。だったら出直すか、私もどこかで時間を潰してから行かないといけない。

――どうしようかな……

考え込んでいたら、その様子でピンときたのだろう。竹内さんが「あ！」と声を上げた。

「もしかしてういさんも七井さんに会いに来たんですか？」

「あ、はい。そうなんですけど……忙しいみたいなので、差し入れだけ渡して帰ろうかなと」

話しながらスマホをチェックしたら、案の定まだ既読がついてない。忙しいなら、別に無理して会う必要もないので、ここはあっさり引き下がるつもり……だった。

それなのに。

「えぇー!!　じゃあ、ういさん、一緒に待ちましょうよ。ちょっとそこのパティスリーにでも入って、ケーキでも食べて」

急に竹内さんがこんなことを提案してきた。

そこのパティスリーってどこ、と彼が指さすビルを凝視する。確かに、ビルが建ち並ぶ街並みの中に、一際照明で明るく照らされた店がある。どうやら、あれがパティスリーのようだ。

ケーキなどのデザートには興味があるけれど、まだ会って二回目の人とサシでお茶とか、どんな苦行だ。できればご遠慮したい。

「は？　……いや、でもさっきお茶飲んだって言ってたじゃないですか。お腹、ガボガボになっちゃいますよ」

気を利かせた体でやんわりお断りしたつもりだったのに、向こうはイヤイヤとあっさり否定してくる。

「ぜーんぜん！　ういさんとお茶が飲めるならそんなの気になりませんから！　それに、そこのパティスリーの前を通ったときにあまりにも美味そうで、ちょっと気になってたんですよ。窓から中が見えるんですけど、かなり映えるケーキが多くて、女性が好きそうでしたよ」

「え、ええ……」

映える、女性が好きそうで美味しそうなケーキ、という文言には正直惹かれる。でも、竹内さんと二人きりというのがどうしても引っかかって、すぐにＯＫできない。

――それにこの前、竹内さんと話しただけで瑛の機嫌が悪くなったし……それなのに二人でお茶しただなんて言ったら、どんな顔されるかわかんないんだけど……

答えを渋っていると、だんだん業を煮やした竹内さんが、いきなり私の手首を掴んでくる。

「えっ、ちょっ……」

「本当にお茶を飲むだけですよ！　手は出しませんから。だって、俺、七井さんに嫌われたくないんで」

手は出さないと言っているが、手首を掴んでいるのはどう説明するのだ……とモヤる。

竹内さんがパティスリーに歩き出してしまい、体を引っ張られるように私も歩き出す。

正直まだモヤモヤはするけれど、瑛の後輩だってことには変わらないんだし、失礼なことはきっとされないだろう。

そのかわり何かあれば容赦なく瑛にチクろう。

魂が抜けた状態でパティスリーにやってきた。外観は女性が好きそうな白い壁。木製のドアを開けると、竹内さんが気になったというのが理解できるほどに、ショーケースの中に並んだ美しいケーキ達にすぐ、目を奪われた。

――うっ。本当に美味しそう……

苺《いちご》やブルーベリーやオレンジなどのフルーツを使ったケーキや、チョコレートを使ったケーキ。

それだけでなくこの店で作っているとおぼしきカラフルなマカロン達にめちゃめちゃときめいた。

「いらっしゃいませー！」

「イートインいいですか？」

近づいてきた若い女性スタッフに竹内さんが声をかけると、奥にあるイートインの席に通された。

店内には私達の他に女性客が二組いる。はっきり言って女性ばかりの店内なのに、竹内さんに気後れする気配はない。

なんでこんなことに……と未だ腑《ふ》に落ちないところはあるが、もうここまで来たら諦めよう。

割り切って、竹内さんの向かいに座る。

「えーと、ういさんなんにしますか？　俺はキャラメルバナーヌがいいな。あと、紅茶」

メニューを一瞬見ただけでもう決まってるんかい……と思いつつ、そういえばまだこの人にちゃんと自己紹介をしていなかった。名刺はもらったけど、瑛が持って行ってしまったので、私もこの人のことをよく知らない。

仕方ないので、ちゃんと名刺を渡して自己紹介をすることにした。

「あの……自己紹介が遅れて申し訳ないです。私、大牟田初といいます。これ、名刺です」

名刺を手渡したら、その名刺を両手で大事そうに受け取ってくれた竹内さんが、「ありがとうございます！」と笑顔になった。

「ご丁寧にどうも。へえ、ういさんって初って書くのか……可愛いお名前ですね。あ、俺のは……この前差し上げましたよね」

「それなんですが、瑛に渡したらそのまま持っていってしまって。なので、私の手元にはないんです……すみません……」

　せっかく名刺をくれたのにそこだけは申し訳ないと頭を下げた。でも、竹内さんは不機嫌になる素振りもなく、あっさりまた名刺をくれた。

「いいですよー。まあ、この前の七井さんの剣幕からしてそうじゃないかなってちょっと思ったんですよね。はい、これ。俺の名刺です。以後お見知りおきを」

　名刺にある竹内圭祐という名前の隣には、私でも知っている有名ハウスメーカーの名前と、一級建築士の肩書き。

「竹内さんも建築士なんですね？」

「そうでーす。七井さんの大学時代の後輩でもあります。七井さんは俺の憧れですから」

「……そうなんですか？」

　社交辞令かな？　と思ったのだが、違った。

「そうですよ。学生時代から七井さん、すごく優秀で。俺、それまで自分に結構自信があったのに、七井さんに会ってそれを見事に打ち砕かれたっていうか。世の中にはすごい人がいるんだって初めて思わせてくれた人が七井さんです」

「そ、そんなにもですか？」

竹内さんが頷く。

「はい。その次が水岩先輩かな。あの人は学生時代からすごく存在感があって、実際世に出たらめちゃめちゃやり手の経営者になったから、俺の勘は間違ってなかったなって」

竹内さんが真顔で熱弁するのを目の当たりにして、これは本音だなと悟った。

「で、初さん？　何にしますか」

「えっ、あ？　じゃあ……どうしようかな、フレジェ……にします。私も紅茶で」

フレジェというのは苺とバタークリームを使ったケーキだ。キラキラと濃いピンク色で輝く苺の美しさに惹かれた。バタークリームは最近あまり食べないけど、久しぶりなので楽しみだ。

「じゃ、店員さん呼んじゃいますね。お願いしまーす」

軽やかに挙手して、店員さんを呼ぶ。彼の声がよく通るのですぐ店員さんが気づき、来てくれた。

注文を終えて水を飲むと、竹内さんと目が合って若干気まずくなる。でも、相手は反対のことを感じているようだった。

「へへ。なんか初さんと二人きりでお茶してるって嬉しいな。今日、七井さんのところに来てよかった」

満面の笑顔の竹内さんを前に、どういう意味？　と目を細める。

――なんか勘違いしてないかな、この人。

いろんな意味で不安になってきたので、ここはちゃんと言っておくべきだと思った。

「あの、竹内さん？　あらかじめ言っておきますが」

「はい、なんでしょうか」

「今回は状況が状況だけに、致し方なく誘いに乗っただけです。婚約者がいる身でありながら、別の男性と二人きりでというのは、本来避けるべきだと思っていますので」

きっぱりはっきり物申したら、竹内さんが「おお」とおののく。

「初さんって、真面目な方なんですね。七井さん、初さんに関しては本気なのかな？」

【初さんに関しては】って、なんか意味深な台詞だな。

ちょっとだけ心の中でムッとしていたのが顔に出ていたのだろうか。それとも、竹内さんの洞察力が優れているのか。

彼は私が今の言葉に引っかかったのを察知したようだ。

「ああ、すみません。ちょっと言い方がよろしくなかったですね。でも、その辺は理由があるんで勘弁してください」

「理由？」

竹内さんが椅子の背に凭れ、腕を組む。

「だって、七井さんって大学時代もめちゃくちゃモテたんすよ。それなのに、一切女性を相手にしなかったというか……もちろんサークルやゼミの仲間とは話すし、食事や飲み会も参加はするんですけど、どこか一線を引いていて、ここから先は絶対立ち入らせないって決めてるような？　なんか、壁があったんですよ」

「大学生のとき……？」

彼が大学生の頃、私は中学生。夏休みや春休みなどの長期休みには地元に帰ってきていたけど、彼女がいるなんて話は聞いたことがない。

ただ、彼が中学か高校のときには彼女がいたと兄から聞いた記憶があるので、これまでに一度も彼女がいなかったわけではないと思う。

「なんだけど」

竹内さんが念押しするように、語気を強めた。

「ここから先は入っちゃだめ、っていう空気を醸し出しながらも、ある程度の距離までは自由に立ち入りできるっていうか。だから、たった一人の恋人を作りはしないけど、近くに寄ってくる女子を排除したり、避けたりはしなかったんで。だから先日の婚約パーティーも、七井さんの将来を心配した水岩先輩を安心させるために、七井さんが取り巻きの一人に声をかけて、婚約者だと仕立てて連れてきたのかなって勝手に思い込んでました。最初は」

「……」

いろんな意味で言葉が出なかった。

私の知らない瑛を知ったのもなかなかの驚きだったし、私のことを偽りの婚約者だと見抜いていたことにも驚いた。

——でも、今はちゃんと婚約者だから！　そこだけは違うって胸張って言える。

「あ、でも、今は違うってわかってます。だって七井さん、初さんのことばっかり見てたし、俺が初さんに名刺を上げようとしたら取り上げたじゃないですか。俺、そんな七井さん見たことなくて。だから、今回ばかりは七井さんも初さんに本気なのかなーって」

「……これ、私、なんて返事したらいいんですかね？　それに、その件と絡めて私とお茶できて嬉しいっていうのがいまいちよくわからないのですが」

話している間に店員さんがケーキと紅茶を運んできてくれた。ガラスのテーブルの上に置かれたのは、綺麗にデコレーションされたケーキ。サーバーに淹れられた紅茶の香りに癒やされる。今日の紅茶はアールグレイらしい。良い香りだ。

「美味しそう～！　じゃあいただきます」

軽く手を会わせてからフォークを取り、ケーキを食べ始める。竹内さんは身長もあるし、肩幅もあってなかなか体格がいい。そんな人がうきうきとケーキを食べる仕草がなんだかとても可愛らしく見えた。

——瑛、この人モテるって言ってたよね？　……こういうところが女性にウケるのかな？

つまりギャップ萌《も》え、というやつ？

考えながら私もケーキに手をつける。長方形のフレジェをフォークでカットし、口に運ぶ。

苺の酸味とバタークリームの甘み。少々もったりしたバタークリームだが、甘さが控えめなのと苺に酸味があるお陰でしつこさは全く感じない。むしろ、バタークリームってこんなに美味しかったっけ!?　という印象が大きい。

「俺のはもう間違いない美味しさです。チョコとバナナってなんでこんなに合うんだろ。……どうです？　初さんのも美味しいですか？」

「あ、はい。これ、苺とサンドしてるのがバタークリームなんですけど、すごく合います。バタークリームを食べるの久しぶりだったんですけど、こんなに美味しいんですね」

竹内さんの顔がパッと明るくなる。

「へえ！　それもおいしそうですね！　じゃあ一口……」

「ごめんなさい、無理です」

さすがに恋人でもない男性とケーキのシェアはできない。きっぱり断ると、竹内さんが我慢しきれない、と言った様子で噴き出した。

「ふふっ！　さすがに乗ってこないか。七井さんは、初さんのこういうところが好きなのかな？」

「……さあ、どうなんでしょう。なんせ瑛とは付き合いが長いせいで、自分のどの部分が相手に気に入られたのかなんて全くわからないんで……」

「付き合い、長いんですか？」

さすがの竹内さんも私と瑛の関係性は知らないはず。

もう付き合っていることだし、バラしても問題はないだろう。

「私と瑛、幼なじみなんですよ。お互いの実家が近所で、瑛は兄と同級なので」

ティーサーバーからカップに紅茶を注ぎながら、二人の関係性を明かした。

これに竹内さんがほう……、と感嘆の声を漏らす。

「そんなに長い付き合いだったとは。てことはあれか。七井さん的には、将来的には初さんと……って心に決めていたのかもしれないですね」

「それはなんとも。私と瑛、五歳離れてますから。瑛が大学生のときはまだ私十五歳ですし……」

きっと瑛が私の事を一人の女性として意識したのは、あの件があってからだと思う。それまではただの近所の子、とか友人の妹くらいにしか思ってなかったんじゃないかな。

でもこれは竹内さんには言わないでおく。

「ふうん。でも、近所にいた女の子がこんなに綺麗な女性に成長していたら、そりゃ七井さんだって心乱されちゃいますね」

「またまた」

「いやいや、マジですって。俺、あの婚約披露パーティーであなたに声かけたの、単純に好みだと思ったからですし」

え。と反射的にケーキから顔を上げ、竹内さんを見る。

「嘘じゃないですよ。だから七井さんの婚約者だって聞いて、結構ショックだったんですもん」

どこまで本気なのかが全然読めない。こういう所が、瑛が竹内さんを嫌う理由の一つなのかもしれない。

「……ありがとうございます。でも、瑛と別れることはないので……すみません」

こういうことはさっさと謝るに限る。すぐに頭を下げたら、竹内さんが苦笑していた。

「謝られちゃうと自分にはまるっきり望みがないってことがわかって、なかなかショックです。でも、これだけは覚えておいてほしいんですが」

「なんでしょうか？」

聞き返したら、竹内さんがフォークを置いた。

「七井さんに傷つけられたり、辛いことがあったら俺の所に来ていいですよ？」

まさかの言葉に、私までフォークが止まってしまう。

「なにを仰《おっしゃ》っているのか、よく……。辛いことがあったからってすぐに別の男性の所へなんて行けませんよ」

「でも、こういうこと言われちゃうと、もし七井さんと喧嘩《けんか》とかしたときに、俺のことが頭に浮かぶでしょう？　これは、ある意味俺の戦略でもあります」

「やめてくださいよ、そんな人の弱みにつけ込むような戦略……」

窘めたら、竹内さんが違う、とでも言いたげに手をヒラヒラさせる。

「初さんわかってないな。恋愛では駆け引きが大事なんです。本当に欲しい人がいるなら、手段なんか選んでちゃだめですよ」

「それでも、私は選びたいです。あとで自分が後悔するようなやり方は好きじゃありませんから」

こう言いつつも、内心は竹内さんってなんかすごいな、と感心していた。もちろん彼のやり方を全面的に肯定はしない。でも、周囲も目も気にせずなりふり構わず欲しいものを欲しいと言う。

これをできる人ってなかなかいないのではないか、と。

ケーキを食べ終えた私達は、会計を済ませて再び瑛の事務所に戻った。

ケーキとお茶代は最初竹内さんが払ってくれようとした。でも、彼に借りを作るのが嫌だった私は、強引に自分の分を支払った。

「もー、初さんったら。これくらい俺に奢《おご》られてもよくない？」

「よくないです」

固いなあ、と言われたけど、聞こえないふりをした。

瑛の事務所前に二人で並んで立つと、竹内さんから先に中へ入っていった。

「ああ、竹内。待たせてごめん」

竹内さんの顔を見て恐縮していた瑛が、すぐ後ろに私が居ることに気がつき、「は？」という顔をした。

「なんで初？　しかもなんで二人一緒に入ってくるの？」

——瑛、まだスマホ見てないな……それだけ忙しかったってことだし、仕方ないんだけど。

「ごめん。差し入れ持ってきたら竹内さんとばったり会って。……瑛を待つ間、二人でケーキ食べてお茶してきた……」

肩を竦めて状況報告をしたら、瑛の顔からスー……と笑みが消えていく。

「竹内……なんでお前、初を連れて行くんだよ……一人で待てよ」

怒りを露わにする瑛を前に、予想はしていただろうが竹内さんが怯む。

「え。だって初さんを一人で待たせるの可哀想でしょ？　だったら一緒にケーキでもどうかなと、よかれと思ってお誘いしたんですよ。やましい気持ちなんか一切ないですって！」

あんなこと言っといてよく言うよ。と心の中で思う。

でも、ありのままの事実を話したら、瑛の怒りに油を注ぐことになる。それは避けないと。

「大丈夫だよ。私自分の分は自分で払ったし。あくまで時間つぶしってことで」

私が淡々と説明したことにより、瑛の怒りが少々マイルドになった。

「……そう。とりあえず、二人とも中に入って」

竹内さんと積もる話があるようなら、私は帰ろうかと思った。でも、瑛に引き留められて結局事務所内に止まることになってしまう。

この前来た時と同じ応接スペースに通され、私が瑛の隣に、竹内さんは私達の前に腰を下ろした。

「アキナ」

瑛がどこかに向かって声をかける。すると衝立の向こうにいた人物が立ち上がった。

「はい」

アキナと呼ばれてこちらにやってきたのは、長身ですらりとした美女だった。手足が長くて、タイトスカートを華麗に着こなすその姿は、美しいという表現以外に見当たらない。

「お茶三つお願いしていい？　あと、これカットして持ってきて」

私が今、瑛に手土産として渡したばかりのバウムクーヘンを、その女性に渡す。

「かしこまりました」

少々低めの声はセクシー。ものすごく存在感のある美女の登場に、私はもちろん竹内さんも呆気にとられた。

「七井さん……」

「なんだ」

「なんで七井さんの周りって美女ばっかり集まるんすか」

竹内さんの疑問に対し、瑛がなんとも微妙な顔をする。

「俺にとっての美女は初だけなんだけど」

「!?」

さっきの女性だけじゃなく、この事務所には他にも女性がいる。少し離れた場所にいる人が一人と、今日はもう業務を終えて退社してしまった人が二人いるらしい。

それなのになんてことを言うのだと、思わず瑛の太股をバチンと強めに叩いた。音の大きさからしてもまああの威力はあったらしい。瑛が顔をしかめた。

「いって。暴力反対」

「瑛が突っ込まずにいられないようなことを言うからでしょうが……」

こんな私達を見て、にやにやしている竹内さんに瑛が「おい」と声をかける。

「なに笑ってんだ……そもそもお前、なにしに来たんだ。特別用事もないくせに」

「そんなことはないですって。尊敬する七井さんが事務所出したってんなら、普通見に来るでしょ？　いやあ、予想どおりいい感じの内装ですよね。俺もここに転職しようかな」

笑顔の竹内さんに対し、瑛は困り顔でため息をついた。

「無理。お前が来たって給料払えないぞ」

「そんな～、ひどいなあ。俺はただ、七井さんと一緒に仕事がしたいだけなのに」

「別に一緒に仕事がしたくないってわけじゃない。うちじゃ、お前が今もらってるような給料が出せないってこと。お前だってそれくらいわかるだろ、高給取り」

「いやいや、七井さんと一緒に仕事ができるなら給料なんか重要視しませんって。俺はやりがい重視ですから」

瑛が断っているのにもかかわらず、竹内さんは一向に退かない。ずっと笑顔なのもなんだか不気味だ。

　これ、いつまで続くの？　と不安になり、隣にいる瑛を見る。すると、瑛がふっ、と脱力するように笑った。

「ああ、ごめん。これ、いつものことだから。竹内って昔っからこんなことばっかり言ってるんだ。俺が地元に帰るって言った時も冗談なのか本気なのか、うちの会社に入れてくれってうるさかったしな」

「いや、冗談でもないんですけど。あわよくば本気で考えてくれないかなって」

　竹内さんが笑顔で反論する。

「せっかくいい会社にいるんだ、やめとけ」

　さらっと瑛に拒否されて、ガクンと肩を落とす竹内さんが、なんだか可哀想に見えた。

　話しているとさっきアキナと呼ばれた女性が、トレイにお茶と、カットしたバウムクーヘンを載せて運んできてくれた。

「どうぞ」

　テーブルにバウムクーヘンが載せられた小皿をそれぞれの前に置いていく。そのアキナさんの手が長くすらりとしていて、つい目を奪われてしまった。

「ありがとうございます」

　アキナさんにお礼を言うと、彼女がちらっとこっちを見て微笑んでくれた。

しっかりメイクした目元や綺麗にリップが乗った口元が美しい。

見るからに女子力が高そう。そんな人が瑛と同じ事務所にいるという現実に、少々胸がモヤる。

まあでもそれは瑛を恋人にした時点で、ある程度は想定できたことだ。最初はモヤモヤするかもしれないが、徐々に慣れないといけない。

——私にとっては修行かな……

アキナさんが淹れてくれたお茶を啜り、気持ちを落ち着かせる。

瑛と竹内さんは、時折お互いの仕事の話を混ぜつつも、大半は学生時代の思い出話をしていた。

こうして二人を眺めていると、普通に仲が良さそうだし、実際良いんじゃないかな、と思えた。

一時間ほど話して、竹内さんが爽やかに帰って行った。いつの間にかアキナさんもいなくなっていて、私と瑛が外に出ると、事務所は真っ暗になった。

「初、どうする？　俺の部屋に寄ってく？」

瑛の車が停まっている駐車場まで歩きながら、ポツポツ話す。

「うーん、でも明日も仕事だし。今夜は帰ろうかな」

「なんだ、残念」

本当に残念がっているのかどうかはわからないけれど、あっさり受け入れてくれてホッとした。

今日は竹内さんとのことや、アキナさんとの遭遇など、私にとって刺激的なことが続いた。

だから……少しだけ疲れた。

「竹内になんか言われた？」

「え？」

何気なく瑛を見上げると、少々心配そうな顔をこちらに向けていた。

「いや、そもそも竹内と二人きりでお茶するだなんて想定外だっただろうし。あいつ、初に変なことを話したんじゃないかって。どっちかっていうと俺が気になってる」

瑛が肩を竦める。

「変なこと……はないと思うけど。竹内さん、瑛のこと褒めてたし。ただ、私を婚約者として連れてきたことにびっくりしたって」

「なんで」

納得がいかないようで、瑛が眉根を寄せる。

話していいのかな、と躊躇《ためら》った。でも、ちゃんと説明しないとまずそう。

「……瑛は、女にモテるけど特別な人は作らなかったから、とかなんとか」

「あいつ、余計なことを……」

瑛がちっ、と舌打ちする。

「なんで大学時代に恋人作んなかったの？　あのときはまだ私のことなんか気にしてなかったでしょ」

「そんなことない」

「嘘だあ。瑛が大学生の時、私まだ中学生だよ。気にしてたっていうなら……ろ……」

「こらっ、言うな。それ以上はやめろっ。……あのときはだなあ、そういうんじゃなくて……あくまで竜也の妹として見てた。でも、可愛いとは思ってたよ、ずっと」

瑛の言葉は素直に嬉しかった。でも、なんだか気を遣われているようで、笑えてきた。

「いいよ、そんなに必死で弁解しなくても……私だって中学生に興味ある瑛、なんか嫌だし」

素直な思いを伝えたら、今度は隣から落ち着いた声が聞こえてきた。

「……学生時代にできる限り勉強して、卒業したら地元に帰るつもりでいたから。地元に帰ることが決まってるのに、誰かと深い関係になるのってなんか悪い気がしたんだ。だから恋人は作らないようにしようって決めてた」

「そうだったの？　でも、本当に好きな相手なら、地元に帰ろうが海外に行こうが、相手は気にしないと思うけどな。喜んでついてくると思うけど……」

ちらっと瑛を見たら、なぜか口元が笑っていた。

なにその顔。

「そうか。初は喜んでついていく派か」

「……ま、まあ。本気で好きな相手ならね？」

「そっか。でも、あの頃はそこまで思えるような相手、いなかったからなあ……いればもちろん、考え方は変わってたと思うよ」

――ふーん、いなかったのか。

ホッとしている私、わかりやすい。

でも、まだ私の胸でモヤモヤしていることがひとつだけある。

「あのさ、瑛」

「ん？」

「さっきのアキナさんって、どういう人？　すごく綺麗な人だったけど」

ああ。と瑛は特に表情を変えることなく、彼女について説明してくれた。

「あの人はインテリアデザイナー兼秘書って感じ。秘書業務はおまけだけど、本人がやるっていうから任せてる。一応、親の会社に勤めているときの同僚で、新しく事務所を出す際に俺が引っ張ったんだよね。有能なんだ」

「そ、そうなんだ……」

瑛が自ら引っ張ってきたアキナさんに、なんだか胸がチクチクする。

いや、あくまでも彼女は仕事上のパートナーだし、お互い特別な感情なんてないのかもしれない。

理屈ではちゃんとわかっているつもりなのに、どうしてこんな気持ちになるのだろう。

――私って……自分で思ってた以上に心が狭い……ていうか、これ束縛かな。私、瑛と他の女性が接するの嫌なんだな……

助手席で悶々としていると、瑛がそれに気付いたのか、声をかけてきた。

「なに。気になるの。アキナのこと」

「えっ……。そりゃ、あんな綺麗な人が近くにいたら気になるでしょ、恋人としては……」

軽く口を尖らせていると、運転席から瑛の「ふっ」と噴き出すような声が聞こえてきた。

「え。なんで笑うの」

「いや、ごめん。なんていうか……初がそんなに嫉妬心丸出しにするの初めてだったから、なんか嬉しくって。笑えてきた」

「わっ……笑えてって……」

自覚はしていたけど、相手に思いっきりバレているとなると、すごく恥ずかしかった。

「ひどっ！　しょうがないじゃない！　まさかあんなに綺麗な人が近くにいるなんて思わなかったし……なんにも言わない瑛もひどいよ！」

すると運転席から手が延びてきて、わしわしと頭を撫でられる。

「大丈夫だって。アキナとはそんなんじゃない。向こうも俺をそういう目では見てないから」

「……ほんとなの、それ」

疑いながら瑛を窺う。

「本当です」

断言してくれたので、ひとまず安心した。

「わかった。……じゃあ、もう気にしない」

「よかった。せっかく恋人同士になれたのに、まったく身に覚えのないことで初に嫌われるのは勘弁してもらいたい」

「……ちゃんと話してくれれば大丈夫。嫌わないです」

逆にずっと瑛のことを好きすぎて、こっちが引かれるんじゃないだろうか。むしろそっちの方が気になってる。

「今日は思わぬ邪魔が入ったけど」

「ん？」

「今度どこか行こう。二人きりで」

二人きり、という単語にぐっとくる。

「……うん」

喜びを噛みしめながら、そっと瑛の太股の上に手を乗せた。すぐさま瑛の手がそれを覆ってきて、なんともこそばゆい気持ちに包まれた、私なのだった。

六、　最高の一日からのアキナショック

瑛《てる》と付き合い始めてから、初めてのデートらしきものの約束の当日。

彼が私のアパートまで迎えに来てくれて、瑛の車で一緒に出かけることになった。

この前は偽の婚約者として。今回は恋人として瑛と二人きり。状況が違うだけで私の気持ちが違い過ぎて、自分でもびっくりした。

——そりゃ、偽りと本物の婚約者じゃ全然違うもんね？

前回はエクササイズを頑張ったり格好に気を配ったりして、周りに瑛の恋人であることを認められるよう自分なりに努力した。でも、今回は気負うことなく、いつも通りの自分でいられる。

それがすごく嬉しかった。

「で、今日はどこに行くの？」

車に乗り込み、すぐ瑛に訊ねた。

瑛からデートのプランは聞かされていない。事前にメッセージで訊ねたが、瑛が教えてくれなかった。

「んー。なんというか……美味しいものを食べに行こうかと」

「ほほう、いいですな」

——なんだ、それなら普通に教えてくれればいいのに。

とはいえ、どの店に行くのかは教えてくれない。

一体どこに向かっているのだろうと、疑問に思いながら車に揺られ、繁華街にやってきた。

まさか、と思っていたら、案の定。瑛はこの辺りでは知らない人がいない、高級ホテルの敷地内に入った。

「え……ここ？」

「そう、ここ」

あるのは知っていたけれど、入ったことがない高級ホテルのパーキングに車を停め、連絡通路を通って店内に入る。

天井の高いホテルは開放感があり、休日ということもあってそこそこ賑《にぎ》わっている。

「ホテル……で食事？」

ホテル内を見回し、あ、このショップ入ってたんだ。などと思いつつ、私の手を引きながらスタスタと半歩先を行く瑛に訊ねた。

「まあ、そんなところ。予約してあるから」

「予約……」

一体どんなところを予約したのか。大きなホテルなので、どの店なのか全く見当がつかない。

そんな中、瑛がエレベーターに移動し、高層階へのボタンを押した。

「えーっと、瑛さん？　一体どこへ……」

「今にわかる」

と言って、エレベーターが到着した階で降りるやいなや、すぐに瑛が「そこ」と足を止めた。

私達の目の前にあるのは、広い窓からの眺望が売りのカフェ。ダークグリーンとライトピンクを基調とした外観からしてもう女性のハートを掴みそうな店構えである。

「……カフェ？」

昼食後に行くならまだわかるが、今はまだ昼前。そろそろランチを……と考え始める時間帯だ。

するとそんな私の疑問を察知してか、瑛がカフェの前に掲げてあったある看板を指さした。

「これ。今、期間限定でアフタヌーンティーやってるんだ」

「え！」

「行ったって人から話を聞いたら、なかなかお腹も膨れるらしいから。昼食兼ねてここでいいかなと……」

「えーー!!　うっそ、嬉しい……!!」

日頃テレビやスマホの広告などでヌン活の記事や、今おすすめのアフタヌーンティーなどの記事をよく目にしていたので、普通に嬉しい。

まさか瑛の口からアフタヌーンティーなんて言葉が出てくるとは思わなかった。なんて言ったら瑛に失礼か。

素直に喜ぶ私を見て、瑛がホッとしたように頬を緩める。

「よかった。じゃ、行こう」

店の前にいた男性スタッフがすぐに近づいてきて、瑛に声をかけた。いい声のスタッフに負けじと劣らぬイケボで瑛が名を告げると、すぐにどうぞと店内に導かれる。

瑛が予約しておいてくれたお陰か、窓側の席に案内してもらえた。もう、これだけで満足できそうなくらいの絶景が目の前に広がっている。

「うわ……すごい。眺め最高……」

ここは二人で窓の外を眺めながら食事ができるようになっている、横並びの席。一人掛けのソファーに腰を下ろして窓の外を眺めていると、すぐにさっきとは別のスタッフがやってきて、ドリンクメニューを渡してくれた。

甘いデザートには紅茶が合いそうだねと、二人とも紅茶にした。私はアッサム、瑛はアールグレイ。

そして運ばれてきた三段のケーキスタンドに乗った、小ぶりのデザートやサンドイッチの可愛らしいビジュアルに、思わず感嘆の声を上げてしまった。

……もちろん声をあげたのは私だけで、瑛は真顔だったけど。

「すっご……素敵……可愛い……!!　あ、写真撮ろ」

スマホを取り出し、写真を撮りだした私を、瑛が笑顔で見守っている。

「本当に女子ってこういうの好きなんだなあ。まあ、確かに見た目はそそられるけど」

「そりゃそうでしょ……!!　だって、普通に生活してたらこんなの目にしないもん。家に三段スタンドとか普通ないし」

確かに家にはないな、と瑛が隣で納得している。

「貴族のティータイムみたいだもんなあ……」

一番下の段には一口サイズのサンドイッチ、真ん中の段にはスコーンとクロデットクリーム。そして最上段にはカラフルなマカロンと、苺のタルト。

「どれから食べよう。瑛はどれがいい？」

「俺はサンドイッチだけでいい……」

苦笑している瑛に、残り全部を私が一人で食べるのかい……と恨めしい視線を送る。

そんな話をしているとポットに入った紅茶が運ばれてきた。目の前に置かれたポットから、なんとも癒やされる紅茶の香りが漂ってきた。

それぞれカップに紅茶を注ぎ、ではと早速、苺のタルトに手を伸ばした。

「いただきまーす。……ん！　美味しい〜!!」

口に入れた瞬間、苺の甘酸っぱさとタルト生地の甘さが絶妙に調和する。タルトも固すぎず、噛んだ瞬間にほろりと口の中でほどける最高の食感だ。紅茶ともよく合う。

私が苺タルトの美味しさに浸っていると、隣では瑛が黙々とサンドイッチを口に運んでいた。

「サンドイッチも美味しいよ」

瑛が食べているのはシンプルな玉子サンド。玉子がぎっしりと詰まったサンドイッチは、どう見ても美味しそうだ。

「じゃ、私も」

瑛に釣られ、私もサンドイッチを口に運んだ。……うん、間違いない。

「ほんと、美味しいねえ……幸せ」

隣には瑛。そして目の前には美味しい食べもの。

これ以上の幸福があるだろうか。

しみじみしていたら、隣からクスクスと笑い越えが聞こえてきた。

「そうか、よかった。なかなか二人きりでゆっくりする時間が取れなかったから、結構必死でいろいろ探したんだよ、これでも」

「え？　なんで必死？　別に、瑛が忙しいことなんか知ってるし、無理しなくてよかったのに」

「そういうわけにはいかないだろ。そもそも最初に婚約者のフリを頼んだときの交換条件もまだ果たせてなかったし。……それに俺も、お前とのんびり過ごしたかったから」

瑛は景色を見ながら淡々と話していたけれど、言われた方は淡々となんてできない。

普通に、めちゃくちゃ照れるし、嬉しかった。

「あ……ありがとう」

「どういたしまして。あ、ちなみにスイーツ全部食べきれなかったら、持って帰ることもできるらしい。サンドイッチはダメなんだけど」

「じゃあ、サンドイッチは全部食べる」

「サンドイッチ、実はおかわり自由なんだよな……食べ過ぎるとスイーツ入らなくなるから、気をつけるように」

美味しいからといってサンドイッチばかり食べてると、本気でスイーツが入らなくなる。

セーブしつつ、合間にスイーツを食べて、瑛と子どもの頃の話や兄との思い出話などで盛り上がっていると、あっという間に制限時間の九十分が近づいてきた。

時間を知らせてくれるスタッフさんが来て、テーブルでチェックを済ませてからカフェを出た。

結局スイーツは瑛も食べてくれたので、残すことなく全て終わった。紅茶もたっぷり飲んだし、お腹はパンパンだ。

「瑛、スコーン食べられるんだね。知らなかった」

駐車場まで直通で行かれるエレベーターに乗りながら、瑛に訊ねた。

「あー、甘いのは苦手だけど、さっきのはそれほど甘くなかったし、しっとりしてて食べやすかったからいけた。多分、スコーン自体が嫌いとかそういうんじゃなくて、ものによるんだと思う」

「わかる。さっきのは甘さ控えめでクリームとの相性が抜群によかった。ああいうのが好きなんだね。覚えとく」

「え。なに、今度は初《うい》が作ってくれるの」

「まあ、気が向いたら……」

お菓子作りは嫌いじゃないけど、なかなかその気が起きないだけ。でも、瑛が食べてくれるなら作ってもいいかな。

――こんなこと考えてる私って、なんだかすっかり恋する女だな……

大丈夫かな、顔めちゃめちゃ緩んでないかな、とエレベーターの中にある鏡で自分をチェックしてしまう。

「で、このあとなんだけど」

いきなり瑛に話を振られて、「えっ⁉」と声が出た。

「ちょっと広い公園にでも行って散歩しない？　腹ごなしに」

「あ、うん。いいね」

確かに少し運動しないと、いつまでもこの満腹感と戦わなくてはいけない。

――それに甘い物たくさん食べちゃったからなあ……明日の体重が怖いわ。

駐車場のあるフロアでエレベータを降り、車に乗り込んだ。

「それにしても、ずっと地元にいたのにこっちに来るの、大変だったんじゃない？」

ずっと尋ねてみようと思っていたけど、なんとなく聞きそびれていた。

これに対しても、瑛はとくに表情を変えることなく、淡々と話す。

「事務所をどこに出すかとか、そういったことが決まるまでは忙しかったかな。でも、大変ではないよ。忙しさすら楽しいというか、新しいことに挑戦する時は、いつもわくわくするから」

瑛の言葉に、まずびっくりした。

「え……そうなの？　忙しいのを楽しいだなんて、思ったことないなあ」

職種にもよると思うけど、私は忙しいと早く終われ、早く楽になりたいとか、そういったことを思ってしまう。瑛とは真逆だ。

「もちろん全てを楽しいと思うわけじゃないけど。でも、忙しくしているっていうのはそれだけ仕事があるわけだから、ありがたいなと。感謝しないといけないよなって」

「……瑛、前向きね。昔からそんなだっけ」

ハンドルを握りながらホテルの駐車場を出る瑛に尋ねる。

「一時めちゃめちゃ後ろ向きで自暴自棄になったことはあるよ」

「え。うそ。いつ？」

「初に振られたあと」

――………

自分のせいだけに胸が痛い。無意識のうちに、胸に手を当て、瑛から顔を逸らしていた。

「えーっと、そうなんだけど……あの、それ、厳密に言えば振ってない……」

「直接嫌いとかそういうことは言われてないけどさ。お前、ぜんっぜん帰ってこないし。たまに初のおばさんに遭遇して、初は？　って訊くと、あの子全然帰ってこなくて……って困ってて。さすがに俺が原因かもしれないとは言えなかったけど、おばさんに申し訳なくていたたまれなかったなあ……」

前方に気を配りつつ、たまに遠い目をする。そんな瑛に申し訳なさが募る。

「ごめんって……私だってどうしたらいいかわかんなかったんだよ。その……私、好きになった男の人って瑛だけだったから……なんかもう、全てが信じられなくなっちゃって」

瑛が体を私の方へ向け、初。と名を呼んだ。

「そういうときはちゃんと話し合わないと。これからは、なにかあったら必ず俺に直接確認するように。でないとまたすれ違って仲がこじれたりしたらお互い困るだろ？」

真顔で諭《さと》されると、もうその通りですとしか言えない。

私だってやっと思いが通じ合ったのに、またすれ違うのはもうこりごりだ。

瑛の目を見て、深々と頷いた。

「わかりました。何かあった時は、まず瑛に相談します。それでいい？」

「結構」

クスッと笑った瑛が、そのあとどこへ向かったかというと、郊外にある大きな公園だった。

今日は天気がいいこともあり、家族連れが芝生の広場でレジャーシートを敷いてランチをしていたり、芝生の上でバドミントンをしていたり、柔らかいボールを投げ合って遊んでいた。もちろんそれだけでなく、芝生の広場の周りを散歩している人や、ランニングをしている人、東屋《あずまや》でのんびりしている人など、様々だった。

駐車場に車を停め、芝生の広場に向かって歩く。散歩と言っていたけど、芝生を見ていたらなんだか座ってまったりしたくなったので、とりあえず座った。

「はー、気持ちいいね」

私がぺたんと座ると、瑛が私の隣で膝を抱えて座った。

「たまにはいいな。気分転換になる」

「……でも、瑛の実家にも広ーい庭があったよね。そこ、芝生だったような気がするけど」

「そういえばそうだったような。でも、実家の芝生なんかもう何年も触ってない。あそこは両親が管理してて、俺はノータッチだから」

私の実家と同じ町内にある瑛の実家は、その敷地の広さと家屋の大きさでかなり目を引く。瑛の曾祖父《そうそふ》の代から建築業を営み、祖父と父親の代で一気に大きくなった地元のゼネコン。てっきり瑛が跡を継ぐとばかり思っていたのに、こうして地元を離れ独立するなんて意外だった。

「……瑛、実家の会社は継がないの？」

気になっていたことを訊くと、瑛がちらっと私を見てから視線を正面に戻す。その顔は真顔だ。

「継がない、って断言はできないな。今の事務所が軌道に乗って、経営が順調ならそのままこっちにいるかもしれないけど。傾いたらさっさと閉じて地元に引っ込むかもね」

「そっか……」

経営に関する事はさっぱりなのでなにも言えない。瑛のことだから、うまくいかなかったら大きな負債を抱える前に見切りを付けて、事務所を畳む可能性は大いにある。

「もしそうなったら、初はどうする？」

「え？」

急に話を振られて、瑛を見つめた。

「俺が地元に帰るって言ったら、初、一緒に来てくれるか？」

真っ直ぐに見つめられて、ドキッと心臓が跳ねた。

――一緒に……ってことは、つまり……

「あの、それって……プ、プロポー……ズ……」

ドキドキしながら聞き返したら、瑛が「あ」という顔をした。

「しまった。意味合いとしてはそういうことになるな」

予想外の返事が返ってきて、ガクッと肩の力が抜ける。

「意味合いって、なにそれ……」

じとっとした視線を送ると、珍しく瑛が怯んだ。

「いや、単純に俺が地元に戻るってなったとき、初はどういう判断をするのか気になって。仕事、辞めたくないって言ってたし。それが気になってつい……」

なんだ……とため息をついてから、改めて考える。

——瑛が実家に戻るってなったら、私はどうするかな。

今のこの生活から瑛がいなくなる。そんなの、もう考えられないし、耐えられないかもしれない。

これまでは帰省したら瑛と遭遇してしまう可能性があるから帰らなかっただけで、別に地元が嫌いなわけでもない。だったら答えは自《おの》ずと見えてくる。

「瑛がこっちにいないのに残っても……ねえ」

今の言葉に反応し、瑛が体を私に近づける。

「残っても……なに？　寂しいってこと？」

「まあ……」

だんだん恥ずかしくなってきて、瑛の顔を直視できない。

「好きな人とはいつだって近くにいたいでしょ？　……瑛だって、私と離れて我慢できる？」

「できないね」

あっさり返事が返ってきて、えっ、となる。

——は、はっきり言うじゃん……

またドキドキしてきた。

「こっちに事務所構える気になったのもお前がいるからだし。でも、初がどうしても地元に帰りたくないって言うなら、俺もこっちに残ったっていい」

いきなり瑛が立ち上がったので、何事かと彼を目で追う。どうやらこっちにボールが転がってきたので、それを拾うためだった。

数歩歩いてボールを拾い、「すみませーん‼」と頭を下げている家族連れに向かって、瑛がボールを投げて返す。

「でも瑛、瑛がこっちに残っちゃったら実家の会社はどうするの？」

なんとなく疑問に思ったことを訊いたら、これに対してもあっさり返答が返ってきた。

「んー……姉がいるけど、もう結婚して家を出てるからな。となると俺以外に跡継ぎはいないってことになるな」

「それ、瑛が継がないとまずいんじゃないの？」

「うちは世襲にこだわってるわけじゃないし、俺の代でそういう習慣は終わりにするのもアリかなと。親父《おやじ》もそこら辺に関しては同意してるから、問題はないかと」

「いいのかなあ、それで……なんだか勿体ないような気もするけど」

もちろん世襲しなければいけないわけじゃないし、親族以外に優秀な人材がいれば、その人が跡を継ぐのもいいことだと思う。

ただ、代々続いてきたものを終える寂しさはあると思う。

「勿体ないのはわかるけど、俺にも俺の人生があるんでね。そこに関しては好きにさせてもらおうかなと」

「……わかった。でも、私、多分瑛が地元に戻るって言うなら、躊躇《ちゅうちょ》なく仕事辞めてついていくと思うよ」

今の私に、瑛と離れるという選択肢はない。それだけははっきり言える。

気持ちを伝えたら、瑛の顔がわかりやすく緩んだ。

どうやら喜んでいるみたいだ。

「そか。それを聞いて安心した」

「……で、さっきのあれがプロポーズってことでいいの？」

「あー、いや。プロポーズはまたちゃんとするから。ちょっと待ってて」

「そうなの？　わかった」

待っててと言われて、自然と顔が緩む。

――いつプロポーズしてくれるのかなあ……楽しみ。

本音を言えばすぐにしてほしいけど、こっちから急かすようなものでもないし。

今は大人しくその日を待とう。

芝生の広場でまったり過ごし、少し散歩がてら周囲を散策してから車に戻った。

夕方になり、どこかで食事でもという流れになった。でも昼前からずっと出歩いているので、そろそろ部屋の中でまったりしたいと二人の意見が一致した。

適当に食べるものを買って瑛のマンションに移動することにし、立ち寄った百貨店のデパ地下で瑛はお寿司《すし》、私はステーキ弁当を買い、瑛のマンションに到着。

駐車場に車を停め、部屋に向かって歩いている最中、瑛のスマホに着信があった。

「……水岩さんだ。初、ごめん。電話に出ていいかな」

「いいよ、どうぞどうぞ」

瑛がすぐにスマホを耳に当て、相手である水岩さんと話し始めた、

「あー、その件か……今、家なんですよ。どうするかな……」

瑛がちらっと私を見た。もしかして、なにかのっぴきならない状況なのだろうか。

「初、ごめん。ちょっとだけ事務所に行ってきていい？　急に急ぎの仕事が入ったんだけど、手元に資料がなくて」

「そういうことならどうぞどうぞ。私、今日は帰るよ」

こう言ったら、瑛がホッとしたように表情を緩めた。そしてすぐに水岩さんにわかりました、と返事をして、通話を終えた。

瑛の仕事を邪魔しちゃいけない。こんなときは聞き分けのいい彼女でありたいので、すんなり身を引こうとした。でも。

「いや。用事済ませたらすぐ戻るから、部屋で待ってて。鍵、渡しておく」

ポケットから出したキーケースから、鍵を外して私に渡してきた。

「……いいの？　鍵……」

ちょっとだけ不安になって尋ねたら、なぜそんなことを聞くんだ、という顔をされた。

「婚約者に自宅の鍵を渡すことになんの問題があるんだ」

「……そ、それもそうだね……じゃあ、遠慮なくお借りします」

エントランス前で瑛と別れ、弁当を持って私だけが彼の部屋に向かう。この前来たばかりだけど、一人で中に入るのは少しだけ緊張した。

まず冷蔵庫にお寿司とお弁当を入れて、ソファーに座ってテレビを点けた。

半日ずっと瑛と一緒にいたので、一人になって少々気が抜けた。

——プロポーズ、かあ……

実際は違うんだけど、あんなことを言われたらやっぱり気になる。

これまで結婚はおろか、好きな人すらできない状況を嘆いていたのに、瑛と再会したことによって一気に流れが変わった。

——いざ結婚となると、なんか緊張する……

七井家の嫁になる。それを親に伝えたらすごく驚かれそう。

ただ、実家から徒歩数分の所にお嫁入りするとなると、めちゃくちゃ近いな？

ベタだけど「実家に帰ります！」って状況になった場合、あまりにも近すぎて拍子抜けするな……などとどうでもいいことを考えていると、玄関の方からガチャガチャと音が聞こえてきた。

「えっ」

まだ瑛と別れて三十分も経っていない。スマホを確認してみたけど、瑛からはなんの連絡もない。

——早すぎない？　それとも用事自体がなくなった、とか……？

気になりすぎて立ち上がり、玄関に向かう。廊下を歩いている途中でガチャンという音がして、誰かがドアを開けた。

「瑛？　早かっ……」

玄関に向かって声をかけると、コツ、というヒールの音が聞こえてきた。瑛じゃない、と理解した瞬間、目の前に現れた人物に頭が真っ白になる。

背の高い、顔立ちがはっきりした美女は見覚えがある。

相手は私の顔を見るなり、驚くこともなく「ああ」と納得したような声を上げた。

「やっぱり。瑛の婚約者さんね。女性モノの靴があったから、そうじゃないかと思った」

「え……あ、の……」

驚いている私を前にしても、全く動じることのない女性は、瑛の事務所にいたアキナさんだ。

「瑛を待ってるの？」

「そう、ですけど……」

「ふーん。今日土曜日なのに、なんか仕事入ったのかしらね？　まあ、忙しい人だから仕方ないけど」

突然のアキナさんに驚くと同時に、彼女が瑛のことを呼び捨てにしていることに衝撃を受けた。しかも、彼女の振る舞いは勝手知ったる感じで、明らかにこの部屋に慣れている。一度やそこら来ただけでは、この余裕は生まれないはずだ。

――なんだか、嫌な予感が……

不安が大きくなっていく私をよそに、彼女は真っ直ぐキッチンに向かう。キッチン台の上に手にしていた紙袋を置くと、その中から弁当箱ぐらいの大きさのプラスチック容器を数個取り出した。

「あの、なにをされているんですか……？」

私が目で追いながら訊ねると、彼女がこちらを見てニコッと笑う。

「気になる？」

「えっ……それは、もちろん……」

アキナさんがプラスチック容器の蓋をパカッと開け、ほんの少し傾けて中身を見せてくる。

ニンジンやジャガイモなどの根菜類が見えた。多分、肉じゃがのようなものだろう。

「これだけじゃないわよ。他にもあるの、ほら」

今度はほうれん草のような緑色の野菜の和《あ》え物《もの》。

「これねえ、常備菜。瑛、ほっとくとちゃんとした食事とらないから、こうやって定期的にここへ来て、冷蔵庫の中に入れておくのよ」

いそいそとプラスチック容器の蓋を閉めて、冷蔵庫にしまう。そんな彼女を見ていて、なにも言わずにいることなどできなかった。

「……あの、こうやって瑛がいない間に料理を冷蔵庫に入れておくのって、その……瑛に頼まれてしていることですか……？」

頼まれているならまだいい。でも、そうでなければ……困る。

「瑛に頼まれてるのかって？　ああ、私が勝手にやってると思ったのね？」

彼女がなんて答えるのかを緊張しながら待っていると、なぜかアキナさんがふふっ、と笑う。

「そうよね、普通は婚約者がやることだもんね。なんで私が勝手に瑛の自宅に入って、こうして冷蔵庫に自作の料理を入れているのか。あなたから見れば理解できないわよね」

「り……理解できないわけではないんですけど……ただ、理由が知りたいだけです」

「理由って。ムカつくからでしょ。なんで関係ない私がこんなことしてるんだって」

アキナさんはなぜか余裕の笑顔。それに対して私は、もう余裕なんかない。

「む……ムカついてなんかないです！　そういうんじゃ……」

思わず身を乗り出すと、アキナさんが私を手で制した。

「わかってるわよ。……あなたと瑛が今みたいになる前、瑛は超仕事人間でね。ほっとくと寝食忘れて仕事しまくるから、周りは皆心配してたのよ。事務所にいれば食事面でのサポートはできるけど、彼が休めない。でも自宅に帰ったってただ寝るだけで食料がないとなにも食べない。それじゃ困ると思ったから、私が瑛に食事の面でサポートさせてくれってお願いしたの。鍵もそのときに預かったわけよ。どう、納得した？」

　アキナさんが話してくれた内容に驚いたけれど、すぐ理解できた。ほっといたら瑛の食生活が乱れまくるのは容易に想像できるから。

　そこは、彼女に感謝するべきだと納得した。

「そうだったんですね……ご親切にしてくださったのに、変に疑ってしまって申し訳ありませんでした、ありがとうございます」

　素直に謝った。

　頭を下げて体勢を戻すと、アキナさんがふん、と鼻を鳴らす。

　ゴージャスな美人だけあって、なんだかその存在感に圧倒されてしまう。

「まあそれはいいとして。瑛も長いこと片思いしていた相手と結ばれて、喜ばしいことですこと？　あなたも嬉しいでしょ？　あんないい男が恋人だなんて」

「え……なんで、長い間片思いしてたって知ってるんですか……」

　瑛と私と、兄くらいしか知らなそうなことを、なぜこの人が知っているのか。

　考えれば考えるほど、思考が悪い方へ傾いていく。

「なんで私が知ってるかって？　そりゃ、ずっと瑛の側にいたのでね。彼が親の会社に勤務している頃からの付き合いなのよ、私」

「それは瑛からも聞きました……けど」

「あなたが瑛を避けまくってる頃、彼を支えたのが私。彼も私に心を許してくれて、結構いろいろ話してくれたわよ。もちろんあなたのこともね」

彼を支えたのが私、という部分、心なしか強調されてたような。

――いろいろ話してくれたって……瑛、この人に一体どこまで話したんだろ……

途端に私の胸に、黒いモヤのようなものがかかっていく。

「て、瑛は……何を話したんですか」

「何って、好きな子がいるけどずっと避けられてる、とか？　普段は平然としてるけど、瑛って酔っ払うとたまにぽろっと零すのよ。最近だとその子を忘れられないから、無謀かもしれないけどこっちに事務所を出すことに決めた、とか？　瑛はよっぽどその子のことが好きなのねえ、って思ってた。好きな女のために地元を離れて、新天地で新規開業するとか、ちょっと何言ってんのこの人、って思ったこともあるけどね。でも、瑛なら多分できちゃうから。だったら私はそれを支えようと思ったわけ」

アキナさんがキッチン台に手を突き、その体を支えながらこっちを見ている。

この人、本当に背が高い。瑛ほどではないけれど、女性にしてはかなりの高身長だ。百七十センチは余裕であると思う。

「瑛は頑張ったわ。だから、本当なら心から祝福してあげたいの。本当よ？　でもね、私は長いこと瑛を見てきたこともあって、あなたと会えない間瑛がどれだけ苦しんでいたのかを知ってる。だから、この機会にあなたに言いたいことがいくつかあるの。今、ぶっちゃけてもいいかしら？」

「い、言いたいこと……ですか？　なんでしょうか……」

怖いけど、聞かずにはいられない。

下腹に力を入れて身構える。すると、今まで穏やかだったアキナさんの表情が一変し、険しくなった。

「そう。よくもここ数年、瑛のことを避けまくってくれたわね？　いくらあなたが瑛の思い人でも、そこだけはどうしても許せないの。そもそも、なんで好きなくせに何年も徹底的に瑛の存在を無視しまくったわけ？　理由もわからず避けられる瑛の気持ち考えたことあんの？　いくらなんでもひどくない？」

「それは……その、事情があったんです。だから瑛と顔を合わせにくくて。帰省しなかったのは瑛の実家も近所だから、もしかすると会ってしまう可能性があるからで……」

「なーにを言って。好きなら会えばよかったじゃないの。会って、ちゃんと話せば早く誤解は解けたのに。どうしてそれをしなかったのか。私はそれに一番腹が立ったのよ。結局それって、逃げでしょ？　好きなくせに自分の気持ちからも、瑛からも逃げてる。……意気地なし」

アキナさんの言葉に、カッと顔が熱くなった。

確かに逃げと言われてしまえばその通りだ。あのときは傷つきたくなかったから瑛を避けた。

でもそれは、当時の私が考えた最善の策だった。

それを、第三者であるアキナさんにどうこう言われたくない。

——なんで今、この場所でこの人にここまで責められないといけないの……？

恐る恐るアキナさんと目線を合わせると、彼女は黙って私の言葉を待っている。

「確かに、昔は傷つきたくなかったし、どういう顔で瑛と会ったらいいのかわからなくて、逃げました。でも、今は私が瑛の恋人なんです。なんであなたにそこまで言われないといけないんですか」

「ほう、強気に出たわね」

表情を変えないアキナさんに、モヤモヤが増すばかり。

——この人って、結局なにがしたいの？　瑛のことが好きだから彼を傷つけた私をとことん責めたいの？

それとも、経営者としての瑛を尊敬しているが故に私の存在が邪魔だとか……？

どちらにせよ、このまま私とアキナさんが言い合いをしても、良い結果なんか生みそうにない。

だとしたらさっさと話を切り上げたほうがいいのかも。

気持ちを落ち着けるため、アキナさんの方は見ず、深呼吸を一回。

「……とにかく、瑛の体を気遣ってくださるのはとてもありがたいことですし、今までしてくださったことに対しては、心からお礼を申し上げます。仕事の面ではこれまで通り瑛のサポートをお願いしたいです。でも、私生活に関してはもう、私がいるので大丈夫ですから」

きっぱり言い切った。アキナさんは数秒無言で私を見つめた後、ふっ、と口元を緩めた。

「婚約者に昇格した途端に自信満々ね」

アキナさんがキッチンから私が座っているソファーに移動し、どすんと腰を下ろす。そしてすぐ、その長い足を組んで身を乗り出してくる。

アキナさんの切れ長の目は、アイメイクがバッチリ。コスメカウンターのBAさんばりのしっかりメイクをしたその目で睨まれると、目力が倍増してなかなかびびる。

「あなた、ちゃんと瑛に謝ったの？　あれだけ苦しませといて、まさか謝罪なしとかじゃないわよね？」

「もちろん謝りましたよ！　それに私だって傷ついたんです。瑛だけじゃ……」

「ふーん。でも、私は瑛の肩を持つから。彼を傷つけてきたあなたを見るとムカつくの」

はっきりムカつくと言われて、ショックを通り越してイラッとした。

——なんでこの人にそこまで言われなきゃいけないの……！

「あ……あなたにムカつかれたとしても、正直どうでもいいです！　それより……その、できれば鍵を使って入ってくるのは今後やめてもらえませんか」

私と瑛以外にこの部屋の鍵を持っている人がいるのは、やっぱりかなりモヤモヤする。

丁寧な口調でお願いしたつもりだった。でも、アキナさんはわかりやすくムッと顔を歪めた。

「いやよ。私が瑛にもらったんだから、瑛に言われない限り返さないわよ」

アキナさんが膝に肘を立てて頬杖《ほおづえ》を突きながら、ぶすっと答えた。

これには私も開いた口が塞がらない。

——返さないって……本気で言ってる？

「そんな……婚約者でもないあなたが鍵を持ったままっておかしくないですか……男性の部屋の鍵ですよ？」

疑問を呈したら、アキナさんが一瞬変な顔をした。「は」と言いたげに、口を開けたまま固まったのだ。それが何を意味するのか、まだ私にはわからない。

「……あなた、瑛から何も聞いてないわけ？」

「何をです？」

「私の事よ。瑛、どこまで話したの」

「どこまでって……瑛のお父様の会社にお勤めだったんですよね？　で、こっちに事務所出す際に瑛が連れてきたって言ってました」

「それだけ？」

アキナさんが不可解そうに眉根を寄せる。

「そうですけど、一体何を仰りたいのかわかりかねます……」

すると今度は、ふふっ、と笑いだした。

「そ。瑛、あなたにちゃんと説明してないのねえ……それって、本当に信頼されてるって言えるのかしら？」

可笑しそうに肩を揺らすアキナさんを前にして、だんだん胃を掴まれたように苦しくなる。

——私……なんでこの人にここまで言われてるんだろう。ここ、瑛の部屋だよね？　なんでこんなことになってるんだ……

もうわけがわからない。

ここで瑛とお弁当を食べて、のんびりと休日を過ごす予定だった。でも、アキナさんの登場によって、そんな気分ではなくなった。

これ以上アキナさんと会話をする気にもなれない。そう思い至った私は、バッグを掴んで立ち上がった。

「あの、私……帰ります」

「あら、帰るの」

全く驚く様子もないアキナさんにムカッとした。とりあえず自分の弁当だけは持って帰ろうと思い、冷蔵庫から出してバッグに入れた。

「意外と打たれ弱いのねえ……そんなんで瑛の婚約者が務まるのかしら。あいつ、めちゃくちゃモテるわよ～。たとえ結婚したって女は寄ってくると思うけど」

「……それも、あなたに言われたくないです」

もっと言いたいことはあったけれど、おそらくアキナさんは弁が立つ。なにか言ったところで、言い返されて終わるのがオチな気がして、言えなかった。

私がリビングのドアに手をかけると、背後から少し慌てたようなアキナさんの声がする。

「ねえ、ちょっと。言っとくけど私……」

「もういいです！　失礼します」

もう彼女の口から出る言葉を聞きたくなかった。

瑛が戻る前に帰るのは申し訳ないけれど、さすが我慢が限界に達した私は、結局そのまま瑛の部屋を出てきてしまった。

本来なら瑛に帰ることを伝えないといけない。でも、今は全くと言っていいほどそんな気になれない。

――……っ、どうしよう……なにかあれば話し合おうって確認し合ったのに……

帰り道で何度も立ち止まり、瑛に電話をするか、メッセージを送ろうかで悩んだ。結局、話す勇気が出なかったので、メッセージを選択した。

【悪いけど今日は帰る。鍵は部屋に置いといた】

何度も書いては消しを繰り返し、結局簡単なメッセージになってしまった。すると、すぐに瑛から【は？】【どういうこと？】というメッセージが立て続けに返ってきた。

――どういうことって。それはこっちが聞きたいよ……

瑛からのメッセージを見たらだんだん腹が立ってきた。

なんでアキナさんに鍵を渡したのか。彼女が常備菜を作って彼の冷蔵庫に入れているのか。

そしてなにより、私と瑛の間にあったことをなぜ彼女が知っているのか。

「……なんで彼女のことちゃんと話してくんなかったの……」

怒りにまかせてブツブツ文句を言いながら歩いていると、しばらくして瑛から着信があった。

でも今話したら絶対喧嘩になるし、なにより電話に出たくなかった。

結果、着信をスルーしてしまった。

謎の女、アキナ。

彼女の登場が私と瑛の間をかき乱していった。

七、アキナさんの正体

【あなたが瑛《てる》を避けまくってる頃、彼を支えたのが私。彼も私に心を許してくれて、結構いろいろ話してくれたわよ。もちろんあなたのこともね】

彼を支えたのが私、という部分、心なしか強調されてたような。

――いろいろ話してくれたって……一体どこまで話したんだろ……

アキナショックにより、もろもろのやる気が削《そ》がれた私は、もう一日あった週末の休日をただゴロゴロしているだけで過ごす羽目になった。

昨夜瑛からは何度か着信もあったし、メッセージも送られてきた。でも、アキナさんとの仲をちゃんと話してくれなかった瑛にもイラついて、今は返す気になれなかった。

返したところで結局瑛に苛立ちをぶつけてしまう。それが怖くて、結局瑛から来たメッセージは全部既読スルーしてしまった。

でも、一晩経つと今度は無視してしまったことがだんだん申し訳なくなってきた。

――ごめん、瑛。今度電話が来たら出るから……

でも、なぜかそう決めてからは瑛からの連絡がパタリと途切れてしまい、私のモヤモヤだけが増していくことになってしまった。

――これって、瑛、怒ってる……？　私が連絡しないといけない……？

そう思って電話をしてみたけど、ただコール音が鳴り続けるだけで、一向に瑛には繋がらなかった。今は日曜の午前なのに。

忙しいの？　とメッセージを送ってみたけど、既読すらつかない。

「……今日仕事なのかな……？　そんなのはひとことも言ってなかったけど……」

でも、確かまだ事務所を出して日が浅いせいもあり、依頼があれば今は休日関係なく仕事している、とは言っていた。

仕事なら仕方ないので、一旦スマホをテーブルに置いて様子を見ることにした。

それにしても、アキナさんって一体何者なんだろう？

瑛が実家の会社に勤めているときから付き合いがある、とアキナさんが言っていた。それを思いだし、私が電話をかけたのは兄だ。

『は？　アキナ？　誰それ』

兄に瑛と親しいアキナさんという女性に聞き覚えはないかと訊ねてみたのだが、こんな返事が返ってきた。

期待していた答えではなかったことに、自然とため息が漏れる。

「やっぱり知らないか……いや、今瑛の事務所に勤めている人なんだけどね。背が高くて、化粧映えする顔立ちの綺麗な女性……地元にいる時からの知り合いだっていうから、お兄ちゃんなら知ってるかと思ったのに」

『女性で背が高い……？　そもそも、地元にいるときから瑛が女性といるのなんか見たことないけど。母親とお姉さんくらいでは』

「……うん、お姉さんじゃなかった……さすがにお姉さんなら私もわかるし……」

瑛のお姉さんは昔何回か見たことがあるが、瑛の体を小柄にして、顔は瑛とはまたちょっと感じが違うが、かなり綺麗な女性だった。一目見ればすぐにわかる。

『そのアキナっていう人がどうしたんだよ。もしかしてお前と瑛の仲を邪魔してんのか』

兄の声が少々不穏になる。

「……邪魔されてるわけじゃないんだけど、ちょっと会った時にやりあっちゃって……。なんでずっと瑛を避け続けたんだって怒られちゃった」

『え。そのアキナっていう人が怒ったのか』

「うん……そりゃ、私だって悪いことをしたっていう自覚はあるよ。でも、あのときはそうするしかなかったっていうか……私、瑛には長年付き合っている恋人がいると思い込んでたんだよ。それは誤解だったって最近知ったけど、そのことを今責められても……」

　スマホの向こうからはあ……と重苦しいため息が聞こえてくる。

『二人とも見事にこじれてたからなあ……瑛も何度か俺に探りは入れてきたけど、最近は仕事が忙しくてそれどころじゃなかったぽいし。多分、俺の結婚式がなかったら未だにお前らすれ違ってただろうなあ』

　――絶対そうだ……きっと、まだ再会もできてないと思う。

　スマホを耳に当てたまま、がっくり項垂れる。

「どうしよう……私、せっかく瑛と両思いになれたのに、またすれ違いとかこじれたままで終わっちゃうとか、絶対嫌だ……」

　半べそをかきながら兄に訴える。でも、兄はどこか楽観視しているようで、明るい声音の『大丈夫だろ』が返ってきた。

『瑛がこのまま黙ってるわけないし。あいつのお前に対する執着は相当なもんだからなー。そこは俺が保証する。だから、心配すんな。連絡もそのうち来るさ。不安なら、お前が瑛の部屋で待っててやればいいじゃないか』

「でも……私、瑛の部屋の鍵持ってないよ」

『なんでもらっておかないんだ……。瑛みたいな忙しい男と会うには、部屋で待ってるのが一番だろうが』

「それが、預かったんだけど瑛の部屋に置いて出てきちゃったの。だって、アキナさんも鍵を持ってたから……」

兄が無言になった。まさかそういう展開になっているとは思わなかったのだろう。

スマホの向こうから、全く……瑛のヤツ。と呟く兄の声が聞こえてきた。

『その件については俺も後で瑛を問い詰めるから。とりあえず、心配ばっかしないでちゃんと飯食えよ。いいな？』

「ご、ご飯は食べるよ。大丈夫だって」

『よし、頑張れよ』

兄との通話を終えて、またベッドでゴロゴロが復活する。

――心配すんなって……だって、他の女に家の鍵渡してるんだよ？　私だってあの日、直前までもらってなかったのに……

結局、一番引っかかっているのはそこだったりする。

あの瑛が自宅の鍵を渡すくらい、アキナさんのことは信頼しているのだ。加えて、アキナさんの美貌や、女子力の高さ。それら全てが私より上をいっているような気がして、自分に自信がなくなる。

この不安を抱えたまま、瑛に会うのは気が進まない。でも会わなくちゃ前に進めない。

兄に頑張れよと言われたけど、どう頑張っていいのか全く見当がつかなかった。

瑛と連絡がついたのは、私がアキナさんと対面した日から二日後のことだ。

仕事をしていたらいつの間にか瑛からメッセージが来ていたらしく、確認できたのは昼休みに入ってからだった。

【ごめん！　スマホを現場に忘れて連絡できなかった】

文面を見て、ガクッと肩透かしを食らった。

――え？　なに？　じゃあ別に怒ってたわけじゃないってこと⁉

普段、そつのない瑛ばかり見てきたから、彼がこういうミスをするなんて初めて知った。

それにポカンとしてから、我に返ってすぐ【そうなの？　返信ないから心配したんだけど】と返信した。

瑛からの返信がある前に昼ご飯を食べようとしていたら、次から次へとメッセージが送られてきて、あれよあれよという間に夜、会うことが決まった。

私のアパートの最寄り駅にある全国チェーンのカフェで待ち合わせすることになり、仕事を終えた私がまず先に駆けつけた。

カフェの店内は混み合っていて、空いている席がない。仕方なく先客が席を立とうとした瞬間に声をかけて譲ってもらい、なんとか席を確保。荷物を置いてオーダーに行こうかなと思っていると、出入り口から入ってきた瑛の姿が見えた。

軽く立ち上がり手を上げると、すぐに瑛がこっちに歩いてきた。

「初《うい》、ごめん！　いろいろ……ちゃんと説明するから」

スーツ姿の瑛は息が上がっていて、どう考えても走ってきてくれたとわかる。

急いで来てくれたことは素直に嬉しい。でも、彼がどういう説明をするのかが気になってしまい、今はまだ、喜ぶに喜べない。

私を席に残し、瑛がオーダーしに行ってくれた。席で若干緊張しながら彼を待つこと数分、彼が二つのカップが載ったトレイを持って戻ってきた。

「あ、ありがと。ごめんね、仕事忙しいのに最寄り駅まで来てもらって」

「いや、いい。ちゃんと説明しなかった俺が悪い。嫌な思いをさせて申し訳なかった」

席に着くなり、乱れた髪を手ぐしで直しながら、瑛が謝ってくる。

「嫌な思いっていうか……私もごめん。瑛から電話来てるのわかってたのに、無視して……」

ごめん、と頭を下げる。でも、瑛はムッとしない。なぜか真顔だった。

「いや。話したくないほどのことがあったってことだろ。わかりやすくていい」

「そ……そういう解釈するのね……」

「それよりも、なんで俺が連絡できなかったか、だけど」

「スマホを現場に忘れちゃったんでしょ？」

カップを手にしながら瑛を窺うと、申し訳そうに顔を歪ませていた。

「……です。……初、怒ってるみたいだから。一晩経ってからちゃんと話そうと思ってたのに、まさか現場に忘れるとは……」

「それ聞いてびっくりしたんだけど。瑛もそんなミスするんだね」

「ごめん。俺もびっくりした。忙しくてうっかりしてて……今日の午前中に現場に取りに行って、やっと手元に戻ってきたんだよ」

項垂れる瑛によると、現場にスマホを置いてきたことに気がついたのが土曜の夜。慌てて取りに戻ったものの、現場がすでに施錠され担当者も去ったあとで、中に入ることは不可能。

自分の不注意なので、翌日の日曜に担当者をまた呼び出すというわけにもいかず仕方なく諦め、休み明けの今朝担当者に連絡し、現場に向かい無事にスマホをゲットした……ということらしい。

「お疲れさまでした……」

苦笑しながら、瑛に買ってもらったホットラテを飲む。

瑛の顔には明らかに疲労の色が見て取れる。

「こんなこと俺だって初めてだよ……普段ならスマホはいつもパンツのポケットに入れてるんだけど、あの日はいつ初からメッセージが来るかわからないから、来たらすぐわかるように作業台の上に置いておいたんだ」

「え」

「そうしたら、いつの間にか図面の下に入り込んでて……俺も気付かずそのまま現場を出てきちゃって。気付いた時には、もう現場作業終わってるし担当者も仕事終えてるしで、どうしようもなくて」

「そ……そっか……じゃあ、仕方ないね……」

間接的にだけど、彼を焦《あせ》らせた私にも責任はある。

瑛だけを責められない。

「……でもさ、だったら私に直接会いに来るとかでもよかったんだよ？」

本音を言うと、もしかしたら瑛が来てくれるんじゃないかって、少しだけ期待していた。でも、彼は来なかった。

だからそのとき、ああ、瑛にとって私ってそこまで大事な存在じゃないのかもな、ってほんのちょっと落胆した。

でも、こんなこと言ったら面倒臭い女だと思われそうなので、言わないけど。

これに対し、本日のブレンドが入ったカップを口に付けていた瑛が、持っていたコップをテーブルに置いた。

「……実はちょっと考えた。でも、土曜は仕事を終えた時間も遅かったし逆に迷惑になる可能性もあるから、行くなら日曜にと思ってたんだ。でもスマホを忘れて連絡できなくて。で、たまたま携帯の番号を覚えてた竜也に電話をして確認したんだ」

竜也という名前を耳にして、ん？　となる。

「お兄ちゃんに電話したの？　いつ？」

「昨日の昼すぎ。あいつ昔から電話番号変えてないから覚えてるんだ。事務所から電話かけて、初の様子を聞いた。そこで初がものすごく凹《へこ》んでるとか怒ってるとかなら、会いに行こうかと思ったんだけど、竜也に止められた。慌てなくていい、さっき電話したら初は大丈夫そうだから無理するな、明日でいいから時間がある時にゆっくり話せって」

——お兄ちゃんたら、そんなこと言ってたんだ……

時間的に私との電話を終えた後に瑛と話したのかな、なんて考えていると、瑛がその綺麗な顔で私を見つめてくる。

いつになく強い目力に、若干怯む。

「え、なに、どうしたの？　目が怖いよ」

「こ……怖いって……あのな。人が今からちゃんと説明をしようとしてるときに……」

「それよりもアキナさんよ。あの人とどういう関係なの？」

ついに本題に入った。

アキナさんの名前を出した途端、瑛の目が少し泳いだ。

「アキナ……そう。あいつのことをちゃんと説明しておかなかった俺がいけなかった。あいつがお前にいろいろ言ったみたいで本当にごめん。でも、アキナと俺は初が心配するような関係じゃない。普通に付き合いの長い友人の一人だよ」

「友人？」

友人、というワードにピクリと反応する。

「……でも、ただの友人って言うには距離が近すぎない？　……それに、普通鍵まで渡す？」

瑛が少しだけ目を動かす。

「親しい友人なら渡しても問題はないと思うけど。あいつ料理上手くて。ほっとくと俺、レトルトとか好きなもんばかり食べて栄養が偏るからって……」

「友人だけど、女の人でしょ？　部屋に上げたら私がどんな気持ちになるか、わからないわけじゃないよね？」

「いやだからそれは……お前、気付いていないのか？」

「へ」

「アキナの外見とか。なにも思わない？」

――どういうこと？

「それは、どういう……外見は、綺麗な人だなって……」

「そうじゃなくて。ほら、その……背が高いとか、あるじゃん」

なぜかわからないが、瑛が必死で何かをアピールしている。

これだけ必死になってる瑛を初めて見た。ということは、もしかして……

「……あの……二人が深い仲だって言うなら、私邪魔しないよ。瑛の為なら私、……み、身を引いてもいいって……」

言っている途中くらいから、瑛が珍しく慌て出す。

「待て待て!!　違うから!!　マジでそうじゃないんだよ！　だから、アキナは……」

「は？」

あまりの噛み合わなさに瑛がガクンと項垂れた。

「アキナは、女性じゃないんだ。……いや、外見は女性なんだけど、生物学上は男性だ。あいつは、俺の高校の同級生。本名はアキナじゃなくて秋伸《あきのぶ》っていう」

「……え？　どういうこと……」

言いながらアキナさんを頭に思い浮かべる。その瞬間、いろいろ腑に落ちた。

女性にしては高身長、大きな手、少しハスキーな声。そして、瑛との距離。

アキナさんが元々は男性だとすると、全て納得がいく。それによく考えたら、瑛が進学した高校は私立の男子校だ。同級生は皆男性のはず。

思いがけない答えに、口が金魚のようにパクパクしてしまう。

「あ……ああ!?　嘘、でも……言われるとなんか、そんな気が……っていうか!!　それならそうだってさっさと言ってくれればいいのに!!　なんで早く教えてくれなかったのよ！」

つい勢い余って瑛に噛みついた。

「いや、こういうのはデリケートな問題だからさ……アキナもこのことで苦労して、俺がこっちに来るのを機に生まれ変わるつもりで来たから。あんまり、あいつが元々男だってことを人に言いたくなかったっていうか……」

「それでも私には言ってくれていいでしょ⁉　じゃなかったらこんな不安になったりしなかったのに……っ」

瑛が深々と頭を下げてくる。

「ごめん。あと、アキナは化粧とるとすげえ美形なんだよ。普通にイケメンなの。だから、あいつが男だって初に知られたくなかった、っていうのもある」

——え。瑛、そんなこと考えてたの？　……意外……

「そ……そんなの気にしないのに。私が好きなのは、ずっと瑛なんだから。いくら今、目の前に素敵な男性が現れたからって、そっちにフラフラしたりしないよ。ていうか、瑛、自分に自信がないの……？」

「ないよ。あればとっくに初を迎えに行ってる」

ぶすっとしながら、瑛が即答する。

こんな反応をする瑛はとても珍しい。

珍しすぎて、我を忘れて瑛を凝視する。

——周囲にいる女性を虜《とりこ》にする程の美貌を持ちながら、なぜそんなに自分に自信がないのだろう？

「瑛ってもっと自分に自信があると思ってた」

素直な気持ちを吐露すると、瑛が困り顔でため息をついた。

「好きな女に八年無視されてみろ。自信なんかなくなるよ」

投げやり気味に呟いた一言に、申し訳なさで自然と頭が垂れる。

――私のせいだ……

「ごめんね。あの、ちゃんと責任取るんで……」

今度はこれに瑛が敏感に反応した。

「責任？　どうやって？」

その顔にさっきまでの苦悩はない。スッキリしていて、私が次になにを言うか心待ちにしている。

「どうって、そりゃ……末永くですね、一緒に……」

「末永く一緒に……か。いいね。ぜひそうしてもらいたい」

満足げに頷くと、瑛が持っていたコーヒーを全部飲み干した。

「よし、出よう」

「え？　もう？　私まだ飲み終わってない……」

「いいよ、カップ持ったままで。車で来たから、どっちかの部屋に移動しよう」

ここからなら明らかに私のアパートが近い。というわけで店の近くに停めてあった瑛の車に乗り込んで、私のアパートに移動することになった。

瑛の部屋に比べるとわかりやすく狭い私の部屋に、瑛を招き入れた。

最初に来た時はまさか私も瑛が来るとは思っていなかったし、部屋の中をゆっくり見せることもなかった。

「ここに来るの、久しぶりだな」

瑛は、いきなりアポなしでやってきたときのことを思い出しているのだろうか。私もあのときのことを思い出すと、瑛に対して冷たい対応をしてしまったと少々バツが悪い。

「……あ、あのときはごめん。だって、いきなり連絡もなく来るから……」

「驚かせるつもりで行ったから、そこは仕方ない」

瑛からジャケットを受け取り、ハンガーにかけて私のハンガーラックへ。

とりあえずそこらへんに座ってててと瑛に言ってから、急いで夕飯の準備をすることにした。

「瑛、お腹空いてるよね？　簡単なものでよければすぐ作るから、ちょっと待っててくれる？」

お米は朝タイマーをセットしてあったので、もう炊けている。だから味《み》噌《そ》汁《しる》を作ったり、肉野菜炒《いた》めでも作ればいいかなと思い、冷蔵庫を覗き込んでいるときだった。

不意に背後に人の気配を感じた。

「俺、まだ夕飯じゃなくてもいいけど」

後ろから腕がお腹に巻き付く。

えっ、と思い肩越しに振り返ると、私の肩に瑛が顎を乗せた。あわやキスしそうになる。

「うわっ、びっくりした」

慌てて瑛と距離を取る。そんな私を見て、瑛がにやりとする。

「俺、飯よりも初がいいな」

「……なに、そのベタなヤツ……」

思わず顔が無になる。

「だってここんとこ全然いちゃいちゃできなかったから。先週だって初、勝手に帰るし」

「だから、それはごめんって……」

ふてくされたような瑛の声に、反射的に謝った。その瞬間、腰に巻き付いた腕に力が籠もり、ぐいっと彼に引き寄せられた。

すぐ目の前に瑛の顔がある。ものすごい至近距離に、息が止まる。

「初、結婚しよう。誰よりもお前を愛してる」

超ど級のストレートなプロポーズに、胸が熱くなる。そんなつもりは全くなかったのに、鼻の奥と喉の辺りがツンとしてきて、目に涙がたまっていくのを堪えきれない。

「……泣く？　泣くほど嬉しい？」

冗談で返そうかと思ったけど、良い文言が全く浮かんでこない。

――仕方ない、認めよう……

「うん……ありがとう。嬉しい」

瑛の胸に顔を埋めて、素直にお礼を言う。するとフワッと体が浮いた。瑛に持ち上げられたのだと理解した瞬間、もう彼は歩き出していてベッドに連れてこられた。

いつも寝ている自分のベッドはめちゃくちゃ安心感のある場所。なのに、瑛に組み敷かれているだけで全く違う場所にいるみたいだ。

瑛と目が一瞬だけ合う。でも、すぐに彼は私の肩口に顔を埋め、首筋にキスをする。

「んっ」

くすぐったくて身を捩っていると、いつの間にか私の胸の上にある瑛の大きな手が、乳房を鷲《わし》づかみにしていた。

乳房を掴みつつ、長い指を動かし服の上から乳首に触れてくる。服の上から擦られると、なんだか直接触られるよりもくすぐったくて、もどかしい。だったら直接触ってほしい。

「て……瑛、あの……んっ！」

首筋に舌を這わせる瑛の方を見ようとするけれど、すぐに口を塞がれてしまい言葉にならない。

「ん……っ、あ……っン」

服の裾をたくし上げられ、ブラジャーだけを残し一気に頭から抜かれた。そのブラジャーも、あっという間にホックを外され腕から抜き取られた。

「瑛……脱がすの早い……」

「別に特技でもなんでもないからな、こんなの」

苦笑しながら、眼前にまろび出た乳房に瑛がしゃぶりつく。舌先で乳首をツンツンとノックすると、すぐに舌全体を使って舐められる。ざらついた舌で乳首を舐《ねぶ》られると、それだけで快感が全身を駆け巡った。

「あ……ン！」

「きもちい？　今、ビクンってしてたな」

私の反応が嬉しいのか。瑛が笑顔で乳首を嬲り続けている。

その間、嬲っていない方の乳首は指で擦るように愛撫される。指の腹で転がしたり、二本の指を使ってきゅっと摘まれたり。そのたびにこっちはビクビクと体が揺れてしまい、休まる時を一切与えてもらえない。

「だ……だめっ、あ、あ……」

「初、可愛い。もっと気持ちよくさせたい」

熱い吐息と共にこう漏らした瑛が、私のスカートを捲《めく》りショーツの中に手を入れてくる。

「ふあ……っ」

――あ……手……

もうすでに、キスをした時からそこは濡れていた。だからショーツはすっかりぐしょぐしょ。

そのことを、瑛はショーツに手を突っ込んだ瞬間に察知したようだった。手を入れてすぐに、私の顔を見たから。

「こんなになってたのか。早く言えばいいのに」

改めて言われると、自分がめちゃくちゃ瑛を求めていたみたいで恥ずかしかった。

「なっ……そんなこと言えるわけないっ……いきなり愛撫もなしに挿《い》れてとか……」

「……愛撫すっとばしてすぐ挿れてほしかったのか？」

「だから違っ……!!」

慌てて否定したら、瑛が可笑しそうに肩を揺らす。

「可愛いなあ……。俺だってすぐ挿れたいけど、いきなりだと痛いだろうなって。でも、そんな心配は無用だったか」

「あ……っ、や……あ……！　だめっ……」

話している最中も、蜜口から入れられた瑛の指が、私のナカを掻《か》き回していた。合間にすぐ上にある蕾まで指でこねくり回され、息をつく暇がない。

さんざん喘《あえ》がされたまま瑛が指を抜いたのは数分後。

やっと一息……と思って安心していると、今度は瑛が舌で直接蜜口の辺りを舐め始めて、ベッドから飛び上がるぐらい驚いた。

「きゃあっ!!　な……やだ、やめてっ」

瑛からの返答は、ない。代わりに聞こえてくるのは、ピチャピチャといった淫らな水音だけ。

溢《あふ》れ出《で》る蜜を丁寧に舐めとりつつ、蕾を舌で舐め転がしたりされると、強い刺激に襲われて声が出ない。

それでも体を左右に捩ってなんとか快感を逃がそうとした。でもできなくて、シーツを掴んで目をぎゅっと閉じ、なんとか耐えようとした。でも、やっぱり無理だ。

そのせいで、私の周りのシーツはすでにぐちゃぐちゃだ。

「や、やだっ……あ、あああ、いく、いくいくいく………!!　あっ、は……んんんん――!!」

執拗な愛撫に快感が高まり、案の定先に達してしまった。

――私一人で先にイッちゃった……

一気に脱力して、ベッドにぐったりと体を預けていると、瑛が着ていた服を全部脱ぎ捨てた。

バッグに入っていた避妊具の箱から一枚取り出し、パッケージを破って屹立に装着している。

その間に私もぐちょぐちょのショーツとスカートを脱ぎ、全裸になって瑛を待つ。

「ごめんな、待たせて」

屹立を私に押し当てながら、本気なのか冗談なのかわからないことを言う。

「……た、確かに、ちょっと待った……かも……」

「ふはっ。やめろ笑わすな、萎えるだろうが」

そう言いつつ、彼の屹立に萎える様子は全くない。固くて、太くて、初めて見たときはこんなの入らないのではないかと不安になったほどの屹立は今夜も健在だ。

「いいよ、きて」

自分から瑛を誘うように、彼の首に腕を回した。若干汗ばんだ瑛の肌にドキドキしながら、入ってくるその瞬間を待った。

ゆっくりと私のナカに沈んでいく彼に意識を集中させた。お腹の奥の方に到達したのがわかると、嬉しくて自然と顔が緩んでしまう。

「あ……奥……あたる……」

「痛いか？」

「ううん、嬉しい……瑛、動いて」

お願いしたとおりに、瑛がゆっくりと動き出す。蜜を纏わせるように浅いところを何度か往復してから、速度を付けて奥を突いてくる。

「あっ……ン、あ。あ、あんっ……！」

心地よい突き上げに、意図せず勝手に声が漏れ出る。

初めてのときもそうだったけど、瑛はいつも優しい。普段だけでなく、こういう場面でも僕はひとりよがりじゃない。紳士的に私を愛してくれる。

そういうところがたまらなく好きだ。

「瑛、すき……大好き……っ」

瑛への気持ちが溢れて、突き上げられている最中に何度も気持ちを訴えた。すると、真顔だった瑛の口元に笑みが浮かぶ。

「嬉しいけど……すき、じゃなくて愛してる、だろ……？」

「じゃあ、愛、してるっ……！」

「じゃあ、ってなんだ、じゃあって……」

嬉しそうにしながらも、照れ隠しなのか突っ込んでくる瑛が可愛かった。こんなやりとりをしながら瑛が一度自身を引き抜くと、私をうつ伏せにさせる。

今度は後ろから貫かれる。正常位でするのとは違った場所に瑛を感じるのが、新鮮だった。

「あ。やだ、そこ……っ、奥、あたってる……っ！　ん、んっ……」

「後ろは嫌か」

「嫌じゃない……っむしろ……いい……きもち、いいっ……」

気持ちいい、なんて言ったらはしたないかな、と一瞬躊躇した。でも、実際に気持ちがいいのは本当のことなので、我慢できなかった。

顔が見えないことでよりいっそうお腹の中にいる瑛だけに集中できて、なんだか今まで以上に興奮した。

「あっ……あ、いいっ……すごく……っ、あ……ン……」

腰を掴み、ガツガツと奥を突かれる。さっき達したばかりなのに、だんだん意識が白けてきて、また達してしまいそうになる。

が、あと少しというタイミングで楔《くさび》を引き抜かれてしまい、達することができなかった。

「……？　なんで……」

肩越しに瑛を振り返ろうとしたら、体をひっくり返された。

「顔が見えないの、なんか寂しいから」

寂しいとか言うんだ、と目をパチパチさせていると、また瑛が挿入ってきた。

「あっ……ん……」

なんの引っかかりもなく、すんなり奥へ到達。そこからぐりぐりと奥を探られ、それに喘いでいると瑛が私にのしかかってきた。

脇の下から腕を通し、がっちりと私の体を抱きしめると、さっきとは比較にならないほどの速度で腰を打ち付け始めた。

短いスパンで奥を穿たれ、考える暇を全く与えられない。

ただ、私を抱きしめているこの人のことだけしか考えられなかった。

「瑛……っ、好き、好、き……」

穿たれながらなので途切れ途切れだったけど、一応伝わったらしい。腕によりいっそう力が籠もったのと、唇にキスしてくれたから。

「……っ、ふ……」

深く口づけられ、舌の動きも激しい。唇が離れた瞬間に目一杯酸素を取り込むけれど、また口を塞がれて、何度か角度を変えながらのキスが繰り返される。

――キス、気持ちいい……

気持ちよすぎて下腹部がきゅうっと疼く。すると、意図せず私のナカにいる瑛を締めつけることになってしまい、キスの合間に瑛から「うっ」と声が漏れた。

「おま……今、締まった……？」

「だ、だって……気持ちいいから……」

これに瑛は嬉しいような困るような、複雑な顔をしていた。

「まだイく予定なかったのに……我慢できなくなるだろ……」

「え……？　──あ、あ、だ、めえっ、そこっ……」

少しだけ上体を起こした瑛が、腰を打ち付けながら蜜口のすぐ上にある蕾をぐりぐりと指で愛撫してくる。

再び甘い痺《しび》れが全身を駆け巡った結果、私の中でじわじわと高まりつつあった快感が、一気に膨れ上がった。

「んっ……、はあっ……あ……だめ、いく、いくいく……い、くう……!!」

我を忘れて叫んだすぐ後、快感がパチンと弾けて体が小さく痙攣《けいれん》した。足先をピンと伸ばすこと数秒、力が抜けてベッドに沈み込んだ。

「イッた？」

「うん……」

「俺を置いて一人でイくなんて、酷《ひど》いな」

冗談なのか本気なのか、いまいちよくわからないが、こう呟いたあと。瑛が私の腰をがっちり掴み、激しく腰を打ち付ける。

「あっ……!!　やだ、今まだ……っ」

達したばかりで敏感になっている最中なのにと、慌てて止めようとする。でも、彼の動きは止むことなく、一気に快感の頂点に達した。

「……うっ……、は、あっ……」

小さく震え、私の中で被膜越しに爆ぜた。そしてそのまま私に覆《おお》い被《かぶ》さってくる。まだハアハアと呼吸を荒くしている瑛の背中に手を置き、なんとなく撫でてみる。

汗ばんだ肌ですら愛おしい。

「瑛……好き」

「俺も好き」

多分私も体中汗でベタベタのはず。でも、それでも構わないとばかりに、私も瑛も、しばらくの間抱きしめることをやめなかった。

「アキナの件は、さすがにこのままって訳にもいかないから。ちゃんと謝らせるよ」

避妊具の処理を済ませ、ベッドでまったりしている最中。瑛がこんなことを言い出した。

気を遣ってくれるのは嬉しい。でも、私のせいで瑛とアキナさんの仲がこじれるようなことがあったら、それは本気で困る。

「あの……私、気にしてないから。そこまでしなくても……」

「そういうわけにはいかない。一時的ではあったにせよ、初を不安にさせたことに変わりはないんだから。……それに、なんであいつさっさと自分から男であることを明かさなかったんだか。それさえしておけば話がこじれることもなかったのに……」

枕の横に肘を突き、頬杖を突きながら瑛がぼやく。

「……あの、そういえばアキナさん、私が瑛の部屋から帰ろうとしたら、ちょっと慌ててなにか話そうとしてたような……」

「え。もしかしてなにかやばい空気を察知して、ちゃんと説明しようとしてた、とか？」

「そうかも。なのに、話を聞かないで飛び出してきちゃったのは私の方……」

がくんと項垂れて、枕に突っ伏した。

そんな私の頭に、瑛がポン、と優しく手を置いた。

「まあ、話せばわかるヤツだから。近いうちに一席設けるんで、そこでゆっくり話そう」

「……わ、わかった……」

言われたこっちはまたアキナさんと顔を合わせるのが、ちょっと気まずい。でも、アキナさんは瑛の仕事のパートナー的存在でもあるのだから、おそらくこれからも付き合いは続く。

会わないわけにはいかない。

――仕方ない、もう何を言われてもいいと腹を括っておこう……

私が複雑そうな顔をしていたので、多分内心何を考えているのかがバレバレだったのだろう。

瑛が笑いながら、「大丈夫だって！　取って食いやしないから」と言ってくれたので、少しだけ気が紛れた。

八、初恋の行方

私はいいと言ったのだが、瑛《てる》の気が済まないのと、相手がどうしても謝りたいと申し出てくれたということで、急遽食事の場が設けられた。

私に謝りたいと言ってくれているのは、アキナさんだ。

その食事会の当日。

席を設けたのはホテル内にある日本料理の割烹《かっぽう》。個室は窓側から庭園が望め、これが謝罪の場でなければ最高のシチュエーションなのに。

料理は事前にすき焼きのコースを頼んであり、全員が揃ったところで食事が始まる。……のだが、まだアキナさん当人がここにいない。

「約束の時間よりも俺たちがだいぶ早く来ちゃったからなー。さっき連絡したらもう出てるっていうから、じき来るだろ」

「そ、そう……はあ……ここまで来ちゃってるのに今更だけど、やっぱり謝罪なんかいいのに」

アキナさんとどんな顔で会えばいいのかと困惑気味の私に、隣に座る瑛が大丈夫だからと背中を叩く。

私も瑛も、場が場だけに彼はスーツ。私はツイードのワンピースという出で立ちだ。

「まあ、そう言うなって。あのあとアキナとも話したけど、一応あいつも悪いと思ってるみたいだから、謝罪しないと気が済まないんだと。……あと、そもそも俺がずっとあいつに恋愛相談をしてたのが原因でもあるし……どっちかというと俺にも原因があるんだよ……」

だから今日の食事代は俺が持つ、と瑛が付け加えた。

「ありがと。……あのね、私もアキナさんには逆にお礼を言いたいくらいなの。それだけ瑛のことを考えてくれてたってことだし……。だから、謝罪って言われると私も申し訳なくて……」

「いや、でもあいつが初《うい》にきつく当たったことに変わりはないから。そこだけはちゃんと謝らせないといけない」

毅然《きぜん》とした態度の瑛を見ていると、これはもう何を言っても無駄だなと悟る。

瑛って結構、意志が固いっていうか、頑固よね　……と内心思いつつ、アキナさんの到着を待つ。

そして約束の時間二分前。個室の襖《ふすま》が開き、店員さんに案内される形でアキナさんが姿を現した。

しかし、その格好を前に私は言葉を失った。

「どうも、お待たせしました」

軽く会釈してから私達の前に座ったのは、スーツを着た男性の格好のアキナさんだった。

長い髪は全てまとめて後ろで一つに束ねられ、会うたびにそのメイクテクニックに惚《ほ》れ惚《ぼ》れしていた顔はノーメイク。目鼻立ちがはっきりしていたのは、どうやら元々骨格のせいだった。

　これまで見てきたアキナさんの姿を知っている人からすると、とても同一人物とは思えない。目の前にいる男性は、初めて会う男前の男性だった。瑛が彼を男だと知られたくなかったという気持ちが、なんとなく理解できた。

　――綺麗な顔立ちだとは思ってたけど、まさかここまでとは……

　思わずアキナさんの顔に見とれてしまった。

「……初、こら」

　隣にいる瑛に小突かれて我に返った。

　そんな私を見て、アキナさんが苦笑している。

「そんなに驚く？　瑛から話は聞いたでしょう」

　見た目は思いきり男性。だけど、口を開いたアキナさんの口調や声のトーンは、これまでと変わらない。それが余計私の調子を狂わせる。

「き、聞きましたけど。でも、外見が……あまりにも違い過ぎて」

　ふっ、とアキナさんが苦笑する。

「私もどうしようか悩んだんだけど。でも、謝罪するならこっちかなって思って。あ、でも口調は変えられないからいつも通りよ。もうね、この喋《しゃべ》り方《かた》が染みついてて、今更元には戻せないのよ」

「染みついて……」

ぽかん、としながらアキナさんを見つめると、彼が姿勢を正し、私と目を合わせた。

「改めまして、アキナこと黒岩《くろいわ》秋伸といいます。このたびは二人の仲を拗らせるようなことをしてしまい、申し訳ありませんでした。あの日はさすがに私も言いすぎた。……いじめてごめんね？」

深々と頭を下げられ、慌ててそれを手で制した。

「いえ！　そんな……やめてください。過去の事は私も反省すべきことだらけだったので……アキナさんが私に腹を立てるのは当たり前なんです。本当にその通りで……」

逆に申し訳ありませんでした、と謝った。

それを見て、アキナさんが困り顔になる。

「その通りかもしれないけど、当の瑛がもういいって言ってるんだからいいのよ。私がしたことは余計なことでしかないわけ。だからもう気にしないで。その分瑛を幸せにしてくれればいいんだからさ。そこだけはしっかり頼むわよ」

「それは……はい。そうできるように頑張ります……」

「よろしい。また瑛を泣かすようなことをしたら、そんときは絶対に許さないからね？　覚えときな？」

若干声音に力が籠もった。しかし、すぐに瑛がそれを窘める。

「おい秋伸。調子に乗るな」

瑛に本名の方で呼ばれると、アキナさんの表情が苦々しげになる。

「また本名で呼ぶ……普段からアキナって呼べって言ってるのに。瑛、なかなか定着しないわね」

「秋伸時代のが長いんだから仕方ないだろ。こっちに来たのを機にアキナって呼べといきなり言われたこっちの身にもなれ」

瑛が呆《あき》れる。そのとき個室の襖が開き、店員さんが料理を持って入ってきた。

目の前にあった鍋に牛脂を塗り、サシの入った牛肉を丁寧に置き、焼いていく。

「瑛とは高校のときからの付き合いでね。実は実家も近いのよ。瑛達と同じ町内ではないけど、隣町だから。てことはあなたの実家とも近いわね？　あなたの大牟田って名字も近所で何件か聞くから、ご親族の方かしら」

「あ、そうかもです。親戚で何人か隣町に住んでる人がいますから……」

「やっぱりねえ。だから、最初に瑛からあなたの名字を聞いた時、すぐ地元の人だってわかったわ」

当たり障りない会話をしていると、すき焼きのセッティングを終えた店員さんが個室を出ていった。するとすぐにアキナさんが、

「ほら、食べなさいよ」

といって私にお肉を取れと促してくる。

「あ、じゃあ……いただきます……」

なんだかお肉を食べるまでアキナさんからの圧が強い。急いでお肉を取って、溶き卵につけて口に運んだ。

「んっ！　お、美味しい……！」

　お肉を見た瞬間からそのサシの多さで美味しいことは間違いないとわかっていた。でも、実際口に運んだら、想像以上に絶品だった。

　私が美味しいと言った途端、アキナさんの目尻がわかりやすく下がった。

「美味しいわよねー。ここのすき焼き美味しいのよねえ……創作料理も美味しいのよ。今度ぜひ瑛に連れて来てもらいなさいね」

「はい……」

　なんだかアキナさんがお母さんのように見えてくる。

　お肉を食べ終え、一旦箸を置く。訊こうかどうしようか悩んだけど、勢いで訊いてしまえ。

「……ところでその、アキナさんって……」

「ん？　なに」

　まだ気になることがあったので訊ねたのだが、女の姿じゃないとどうも調子が狂う。

「その、ずっと気になってたことがあって。アキナさんは、男性と女性、どっちがお好きなのかなって……」

「ああ、そんなこと？　私、実はこう見えてバイなの。今はどっちかというと男性の方が好きね。でも女性を愛せないわけでもないわよ」

　――ということは……

「……えっ。じゃあ、もしかして瑛のこと……」

反射的に瑛とアキナさんを交互に見る。一瞬やばいと思ったけれど、私以外の二人に動揺する気配は……なかった。

「ないわよ。瑛はそういう対象にならないわ。どっちかっていうと……そうね、兄みたいな、弟みたいな存在っていうのかしらね」

「そうなのか、初めて知ったぞ」

話を聞いていた瑛がクスクスと笑う。

「もちろんそれだけじゃないわよ。私も建築学科出身だから、仕事の面ではすごく尊敬してるの。私じゃ思い浮かばないようなことを、この人あっさりやってのけるから。すごいって思ってる」

「そうかな。アキナだってセンスあるし、インテリアコーディネーターの資格まで取ってるだろ。そうでなければこっちに引っ張らないよ」

二人の話を聞いてると、二人とも相手をそれなりに認めているようだった。

瑛に褒められて、アキナさんはまんざらでもなさそうだった。

「それを言うなら、こっちに連れてきてくれたことにも感謝してるのよ。私、地元では親の目が気になって本来の自分が出せずにいたから」

「……っていうことは、アキナさんがアキナさんになったのは、こっちに来てからということですか？」

「ぶっは。なに、アキナがアキナにって」

純粋に気になることを訊いただけなのだが、なぜか笑われた。

「いやあのその……今、そんなようなことを言っていたので」

「そうだよ。アキナは、こっちに来るまでは秋伸だった。こっちに来るよう俺が誘って、それがきっかけになって本来の自分を曝《さら》け出すことになった」

お肉と野菜をバランスよく食べていたアキナさんが、ごくんと食べ物を飲み込んでから「そうよ」と頷く。

「まあ、向こうにいてもやろうと思えばできたけどね。でも、やっぱり近くに親の目があるとないとでは違ったかな。秋伸からアキナになって、今、めちゃくちゃ毎日が楽しいの。本当にこっちへ誘ってくれた瑛には感謝してる。……あ、でもそれを言ったら、こっちに来るきっかけになった初ちゃんに感謝しないといけないのかもね。ぶち切れてる場合じゃなかったわ……」

申し訳なさそうに天を仰ぐアキナさんに、笑ってしまった。

そんな私とアキナさんのやりとりを、隣にいる瑛はずっと穏やかに見守っていた。

もっとバチバチするのかと思いきや、終始和やかに会食は進んだ。

割烹を後にし、スーツ姿のアキナさんと瑛と三人で駐車場まで向かったのだが、アキナさんと瑛がそのスタイルのせいでめちゃくちゃ目立っており、一緒にいる私がなんだか肩身の狭い思いをした。

――アキナさん、男性の姿だとすごくモテそう……バイだから、女性と恋に落ちる可能性もあるってことだもんねえ……。

そんなことばかり考えていると、いきなり立ち止まったアキナさんと瑛に気付かず、二人の横を通り過ぎていた。

「こら、初。どこに行くのよ」

アキナさんに呼び止められる。

ついさっきまでちゃん付けだったはずなのに、気がついたら呼び捨てになっていた。

――な、なんか距離が近くなってない？　アキナさん……

「え、あ……すみません。ちょっと考え事をしてました」

「いいけど。私ここで帰るから。あとはお二人でどうぞ？」

「え、あ、そうなんですね」

どうやらホテル内にあるパティスリーに用事があるらしく、アキナさんとはここでお別れらしい。

瑛に視線を送ってみたけれど、笑顔でうん、と頷くのみ。

「それと鍵の件だけど。本来ならアキナから返してもらうべきなんだろうけど、俺、部屋に仕事の資料を持ち込んでる場合があるんで、急遽必要になった時にアキナに取りに行ってもらうってことが何度かあって。だから、初には悪いんだけど、このままアキナに持っててもらいたいんだ。……

ダメかな」

瑛とアキナさんが不安げに私を見つめてくる。その視線が何を意味するのか、わからないほど私も鈍感じゃない。

「うん、そのまま持っててもらって大丈夫。アキナさんにはこれまで通り瑛のサポートをお願いしたいので。よろしくお願いします。あ、食事の面は私がするんで、大丈夫ですよ」

瑛の表情が安堵したように緩む。

「わかった。大丈夫よ、任せて」

アキナさんの頼もしい言葉に、こっちまで顔が緩んだ。

「瑛に近づく女も蹴散らしてやるから、安心しなさい」

ついでに発せられたこっちの言葉の方が何十倍も頼もしかった。アキナさんのことがめちゃくちゃ好きになった。

アキナさんと別れて、瑛と二人で駐車場に向かう。

さっきまですごく気を張っていたので、アキナさんと別れた途端に、どっと気が抜けた。

「はあ……緊張した。すき焼きは美味しかったけど、最初の方は緊張しすぎて味あんまり覚えてないわ……」

「そこまでかよ」

瑛がクスクス笑う。

「だって、もしかするとアキナさんも瑛のこと好きだっていう可能性があったから。しかも仕事ではいつも瑛の側にいるわけだし、そんな人と瑛を取り合うことになったらって考えたら……絶対勝ち目なんかないって思ってた」

「なんでそんなことを……俺の意思はどうなるんだよ。間違ってもアキナとどうこうとか、ありえないから」

瑛が目を細める。

どうやら本気で嫌がっているようだ。

それでも、私には一抹の不安が残る。

「だってさあ……普通にアキナさん、女の格好してるとかなりの美人だよね。あそこまでの美人に本気で迫られたら、瑛も気持ちが揺れるんじゃないかと……」

「揺れないよ。俺の中ではあいつはずっと秋伸のままなの。それにあいつだって俺と恋愛関係になるとか考えたことないと思うよ。そもそも、俺はあいつのタイプじゃない」

淡々と否定する瑛に、ほんの少しだけホッとした。

だとしたら、アキナさんってどういう人を好きになるのだろう？

「……アキナさんのタイプってどんな人なの？」

「女はわからんけど、男だとゴリゴリのマッチョ系」

「そ、そうなんだ……」

確かに瑛はマッチョではない。腕などに適度に筋肉は付いているのでいわゆる細マッチョに近いけれど、ゴリゴリの人と比べたら断然細い。

それを知り、ようやく不安だった気持ちが落ち着いた。

「でも、なんでずっと私とのことをアキナさんに相談してたの？　瑛、昔から友達も多かったと思うけど……」

駐車場に到着し、助手席に乗り込んだ。

私と瑛。二人だけの空間に気持ちが落ち着く。

「いや、俺あんまり心からなんでも話せる友達ってそういないんだよ。さすがに竜也のことは相談できないし。それに、あいつだと男と女、両方の気持ちを理解してそうで相談しやすかった、てのはあるな」

「あー、なんかわかる。アキナさん、そこら辺の女子よりも女子力高そうだし、男子としても女子からモテそうだからいろいろ経験してそうだしねえ……」

「まあ、そういうわけでアキナには心配かけて申し訳なかったな、と。それもあって、こっちに来る時にあいつも誘ったんだよ。いろんな意味でこっちへ来た方がのびのびできるなら、できるだけ手助けしてやりたいと思ってる」

「……瑛、格好いいね。自分の彼氏だけど、なんか惚れ惚れしちゃった」

ハンドルを握っていた瑛が複雑そうな顔をする。

「それは、どうも……」

「いや、褒めてるからね？　これ」

クスクス笑いながら、二人で瑛のマンションへ向かった。

いろいろあったけれど、私と瑛の恋路がうまくいったのは、兄やアキナさんみたいな、第三者が関わってくれたお陰だ。

彼らがいなかったら、今でも私と瑛はすれ違っていたかもしれない。そう思うと、ありがたすぎて言葉がない。

――初恋は叶わない、なんてよく言われているけれど、諦めないでいたらこうしてうまくいくこともあるんだなあ……

隣の席にいる大好きな瑛を見つめながら、助手席でほっこりした。

そしてここからそう遠くない未来。

純白のドレスを身に纏った私は、隣に立つ瑛と見つめ合いながら、永遠の愛を誓うのだった。

あとがき

最後までお読みくださりありがとうございました。作者の加地アヤメです。

今作は幼なじみの拗らせ恋愛をテーマにしてみました。過去にも幼なじみものを書きましたが、今回はまたちょっと雰囲気の違った話となりました。楽しんでいただけましたでしょうか。

初のように自分が中学生の頃、五歳も年上の男性ってすごく大人なイメージでしたよね。その頃の感覚を思い出してできあがったのが瑛です。

自分に優しくしてくれて、しかもイケメンで秀才ときたら初じゃなくても惚れちゃうよね～、こじらせちゃうのも仕方ないね～、と共感しながら書きました。初が瑛にそっけなくしているところで、少々瑛が不憫に思えてしまった私です。

過去にも幼なじみものを書いたとなると、そのときのあとがきでなにを書いたかをチェックするのがとても大事です。なぜかって？　前のあとがきに書いたことを忘れてまた同じことを書いているかもしれないからですね……!!　本になってからそのことに気付いても手遅れですから……

あとがきはいつもとても悩みます。プライベートなことを書けばいいのかと思うのですが、正直どういったことを書いたらいいのか（滝汗）。ただひとつ言えるのは、私の生活は地味だということです……。

基本的に単独行動ですし、いつも時間に追われているので店の滞在時間も短いです。せっかちなんです（苦笑）それゆえに、今流行りの小さいお財布が合わなくてまた長財布に戻しました。どういうことかと言うと、会計の際の動作が少なければ少ないほど楽だからです。

長財布なら財布の向きを変えずにお札も小銭も出し入れできますし、小銭入れもそこそこスペースがあるので出しやすい。

小さいお財布に何度かチャレンジしたんですけど、先にお札を出してから小銭を取り出す……という動作で手間取ってしまい、無理だ……と断念しました。

小さいお財布って形は好きなんですけどね……。バッグにも入れやすいし、スマートで憧れではあったんですけど、私はだめでした……。使いこなせている人はすごいです。

全然今作に関係ない話ですみませんでした。

今回のイラストは芦原モカ先生が担当してくださいました。いつもながらうっとりするイラストを描いてくださり、本当にありがとうございました。モカ先生の描くヒーローが大好物です。

編集担当様、版元の担当様、この本に関わってくださった方にもこの場をお借りしてお礼を申し上げます。

いつも本当にありがとうございます。素敵な一冊ができあがってとても嬉しいです。

そして読者の皆様、いつもありがとうございます。
今作で私を知ったという方、この本を手に取ってくださりありがとうございます。またどこかでお会いできますように！

加地　アヤメ

ルネッタブックス

諦めたけどやっぱり好き
イケメン社長になった御曹司が8年越しで迫ってきます

2024年6月25日　第１刷発行　定価はカバーに表示してあります

著　者　加地アヤメ　©AYAME KAJI 2024
発行人　鈴木幸辰
発行所　株式会社ハーパーコリンズ・ジャパン
東京都千代田区大手町 1-5-1
04-2951-2000（注文）
0570-008091　（読者サービス係）

印刷・製本　中央精版印刷株式会社

Printed in Japan ©K.K.HarperCollins Japan 2024
ISBN978-4-596-63624-9